新潮文庫

エディプスの恋人

筒井康隆著

新潮社版

2781

エディプスの恋人

（何）
（何）
（何）
（何）
（硬球が）
（硬球が）
（硬球が）
（割れた）
（割れた）
（そんな）

（誰）

(誰)
(誰)
(誰が)
(誰がそんな)
(誰がそんなことを)

(あいつだ)
(あいつだ)
(あいつだ)

おそらく異変に違いなかった。それも日常的な異変ではない。盗難とか火災に類するものではなく、超常現象に近い異変であろう。教務課の、校庭に向かって開け放された窓から流れ込んでくるそれら畏怖《いふ》の感情を一瞥《いちべつ》して七瀬はそう推測した。

教務課の他の職員たちは何も知らず、放課後のやや弛緩《しかん》した空気の中で静かにそれぞれの事務をとっている。七瀬はそっと立ちあがった。背の高い自分の動作が他人の眼をひくことや、自分の一挙一動にまで注目する人物さえいることを知っている彼女は、ことさら控えめなコースで机の間を縫い、廊下へのドアまでを歩いた。行ってみないではいられない。

野球のボールが割れたのだ、と、校庭に出て七瀬は知った。硬球が空中で割れるなど、まずあり得ない出来ごとだということは、今、校庭の隅で騒いでいる野球部の部員たちがいちばんよく知っている。彼ら六、七人が円陣を作って立ち尽しているそのすぐ傍《そば》まで行って覗《のぞ》きこんだ七瀬は、ファースト・ミットの学生が手にしている獣皮、ふつう馬の胴皮で作るといわれている硬球の外皮が引き裂かれたようないくつかの断片になってしまっているのを見た。

「手でだって、よほどの力でないとこんなにこまかくは裂けないぜ」と、学生のひとりが言った。

ボールの内容物である、強く巻かれた平ゴム、綿糸などは、すべて二、三センチから七、八センチまでの切れっぱしになってあたり一帯の地面に散らばっていた。ナイフや鋏《はさみ》を使ってさえ、原型をとどめぬまでのこんな状態にするには数分かかるだろう。

「どうしたの」七瀬は通りがかりを装《よそお》い、のんびりした口調で訊《たず》ねた。あらましは彼らの思考から読み取っていたが、意識が輻輳《ふくそう》しているので彼ら自身に整理させようとしたのだ。

七瀬は彼らに人気があった。女としての自分がしばしば学生たちの幼稚な空想の対象になっていることも、彼らの、特に運動部の学生たちの間で自分に関する猥雑《わいざつ》な冗談が囁《ささや》かれていることも七瀬は知っていた。しかし今、若者たちの心には彼女への性的関心が入りこむ隙《すき》もないほどに異変への疑惑と畏怖がどっしりと居すわっていた。それでも七瀬のことばをきっかけに、自ら事件を整理して納得しようとする気持に急《せ》かされ、グラブの若者が喋《しゃべ》り出した。

「おれが投げて、こいつが打った」彼はそう言い、バットをかついだまま何も考えられぬほどにすくみあがっている部員を指さした。「そしたら、こっちへボールが飛んだ」

そこは運動場をめぐる芝生の中の、煉瓦《れんが》敷きの遊歩道だった。

「ちょうどそこを、学生がひとり、帰ろうとして校門の方へ歩いていた。そいつの頭めがけてボールがとんでいった」

「おれたち、あぶないって叫んだよな」キャッチャーズ・ミットの若者がそう言ってから、汗ばんだ胸を七瀬に向けた。「だけどそいつ、気がつかなかったんだ。そしたらその時」

「その時、ボールが割れたんだ」と、グラブの若者が言った。「そいつがあそこにいて、ボールはここで割れたんだから、頭にあたる寸前だったんだよな」

「どんな割れかた、したの」

「それだよ」眼を丸くして七瀬に向きなおったグラブの学生の頭の中に、茶色っぽいものが炸裂《さくれつ》し、砲煙のようなものが拡《ひろ》がった。「音もせずに、ただ、こなごなになってとび散ったんだ」

「茶色い煙が立ったと思ったよな」

「おれも、ボールが割れたとは思わなかった」

バットを持った若者だけが、底深いおびえに頬をこわばらせて、無言だった。七瀬は彼の眼をのぞきこんだ。

「ねえ。それで、その子はどうしたの」

七瀬の質問でバットの若者は、彼が恐れている対象を心の表層に浮かびあがらせた。だが彼はその顔を、その姿をはっきり再現させることをあきらかにためらっていた。そのため、彼はとぼけた。しかし、抑圧できなかった。

「その子って」（あいつだ）（あいつだ）（あいつなのだ）

「ボールが頭にあたりそうになった子よ。ボールが割れても、まだ気がつかなかったの」

（気がついた）（振り返った）**（おれを睨《にら》みつけた）**

グラブの若者がかぶりを振った。「気がついてさ、粉ごなになって地面に散らばっているボールの残骸《ざんがい》をちょっと見て、それからおれたちの方を見たよ」

（そうだ）（睨んだのだ）**（おれを睨みつけたのだ）**

「うん」キャッチャーズ・ミットの若者がうなずいた。「何があったのか、すぐにわかったみたいだったぜ。それで、平気だったよな。すぐ知らん顔して校門から出て行ったけど。あいつ、変なやつだよな」

（あいつだ）（あいつだ）

「どんな子だったの」と、七瀬は訊ねた。

（色の白い）

（どこのクラブにも入ってないやつ）

（色の白い）（背の高い）

（鼻が尖《とが》って色の白い）

（色の白い）（線の細いやつだ）

（眼の鋭い）

（色の白い）

（白い）

野球部員たちそれぞれが心に描き出した、明瞭《めいりょう》な輪郭や細部を持たない想起表象によるその学生のイメージを総合すれば、それは七瀬が以前から注意を向けているあの「彼」に違いなかった。「彼」に睨みつけられたと思ってふるえあがっている、バットを持った若者の心に浮かんだ「彼」のイメージは特に、想起残像に近い鮮明さであった。

「あいつ、たしか二年のやつだよな」

「うん。香川とかいうやつだ」（香川だ）（香川だ）（おれを睨みつけたんだ）（あいつだ）

野球部員たちが「香川」と呼んでいる「彼」に、単に「変なやつ」である以上の特異性を認めているのは、さっきからおびえ続けているバットの若者だけだった。

「彼」のことを何か知っているに違いなかった。バットの若者だけがボールの破裂を「彼」の仕業か、あるいは「彼」自身も気づいていない「彼」の力によるものと考えていたからだ。バットの若者にそんな想像をさせる理由は何か。七瀬はそれを知りたいと思った。が、この場でそれを追求するのはどう考えても危険で、しかも困難だった。むしろ七瀬がここですべきことは、バットの若者以外の野球部員たちに、ボールの破裂を「彼」と結びつけて考えることのないよう、早く仮の結論へ誘導して事件に決着をつけさせてしまうことだった。どう間違えても彼らに、今、バットの若者が抱いている「彼」が念力でボールを割ったなどという想像を伝染させてはならなかった。だいいち「彼」はボールがとんでくることに気がついていなかったのだから、もし「彼」に念力があったとしてもそれを使っている余裕はない筈《はず》で、おそらくそれは事実ではないのだ。

「お前、あいつにあやまったのかよう」グラブの若者がバットの若者に咎《とが》める眼を向けた。「黙っていただろう。ああいう時はやっぱり、すまんとかなんとかひと声、声をかけて」

バットの若者の思考が乱れ、うろたえが感情の平衡に揺さぶりをかけた。「だって、そりゃ無理だよ」おろおろ声で彼は言った。「ボールが割れたのでびっくりして、声が出なかったんだものな」（あいつ）（怒っているぞ）（復讐《ふくしゅう》される）（復讐される）（おれを睨んだ）復讐されるに違いないという確信めいた妄想は、彼の膝《ひざ》を顫《ふる》わせはじめた。「しかたないだろ。びっくりして声が出なかったんだ」

バットの若者の突然のうろたえかたに、一瞬野球部員たちが奇異の眼を向けた。

七瀬はいそいで口をはさんだ。「でも、どうして割れたのかしら。こんなことって、よくあるの」

（あるもんか）

（あるもんか）

（あるもんか）

（絶対にあるもんか）

若者たちがいっせいにかぶりを振った。

「じゃあ、きっと、かまいたち、ね」

え、と、全員が七瀬を注視した。やがて彼らの想起閾《そうきいき》に、かつて誰かから教えられ、本で知ったかまいたちという不自然な現象の概略が浮かびあがった。

「ああ。ああ。かまいたち、か」

「そういえば、そうとしか思えないな」

一刻も早く異変を、単に変った出来ごととして納得したいという気持が、彼らを手近の結論にとびつかせた。

「変なこともあるものね」とどめを刺すように七瀬はそう言い、「変なこと」ではあるが、一人前の人間がいつまでもかかわりあっているほどの重要事ではないことを態度で示すため、さっさと彼らから離れて校舎へと歩き出した。

さいわいなことに野球部員たちは、そこにあらわれたのがたまたま七瀬という、教務課職員とはいえ私立手部高校随一の美人であったが為《ため》に、異変への関心をすぐ失った。彼らは去っていく七瀬のうしろ姿に眼をやり、顔を見あわせ、にやにや笑い、おどけて口を尖らせ、肩をすくめ、眼を丸くし、そうした行為すべてを七瀬が捕《ほ》捉《そく》しているとは夢にも知らず、さほど性的魅力のある歩きかたをしているわけでもなくむしろ男っぽい足どりなのに、その七瀬の歩調にあわせ、アメリカ製イット女優の歩きかたへの連想から例の Boop-oop-A-Doop に似たスキャットを胸の中で口ずさんでいた。彼らのスポーツマンらしい乱暴で幼稚でおおらかな性的想像が七瀬にはほほえましかった。

(よっ)(でかい尻)(尻《しり》)(尻)(もっと振れ)(ミス手部高校)(美人を意識してるんだろうな)(おれを相手にするかな)(しねえだろうな)(しかし、するかも)(誰が好きなのかな)(好きなやついるんだろうなやっぱり)(やってんのかな)(やってんだろうな)

「さあ。いくか」

「気いつけてやろうぜ」

「校庭での練習禁止されたりしたらアウトだもんな」

(復讐される)(復讐される)(復讐される)練習に戻った部員たちの中でただひとり、バットの若者だけが「彼」の復讐をおそれ続けていた。

なぜ復讐されると思うのか。

「彼」が誰かに復讐をしたことが実際にあったのか。

それはどんな復讐だったのか。

バットの若者はそれを目撃したのだろうか。そして、なぜそれを「復讐」だと思ったのか。

調べなければ、と、七瀬は思った。

私立手部高校は手部市唯一《ゆいいつ》の私立高校で、県下では名門校であり、大学進学校としても有名だった。生徒の数は少く、ほとんどが裕福な家庭の子であり、男子生徒が圧倒的に多い。

七瀬がこの高校に教務課事務員として就職したのは半年前、四月の新学期からだった。勤めはじめて間もなく、七瀬は「彼」の存在に気づいた。「彼」の特異性はその精神構造にあり、七瀬は今までそのような人格類型に出会ったことは一度もなかった。したがって否応《いやおう》なしに「彼」の存在に気づかされたといった方がいい。たちまち「彼」への興味を抑えることができなくなっていく自分に気づき、七瀬は危険を感じた。今までにも、常人と大きく異った精神の持ち主に出会い、好奇心から接近していったため彼女の身に災厄が襲ってきたことは何度もあったし、その災厄に相手まで巻きこんでしまったこともあったのだ。また始まるのかもしれないという事件への予感があった。しかし、だからといって「彼」を無視し続けることができそうにはないことも、自分の宿命として七瀬は悟っていた。

最初は「彼」が誰だかわからず、校舎内の廊下や階段、校庭の片隅などでちらちらと他の生徒のそれに混って流れこんでくる「彼」の意識の断片を、ちょっと変った男の生徒がいると思って受け止めていたに過ぎなかったのだ。初めてそれが「彼」のものであると知り、間近で感知するその精神の異様さに強い衝撃を受けたのは「彼」が窓口へ授業料の払いこみにやってきた時であった。受付をしていたのは時原という未婚の女子職員で、七瀬は彼女の隣の机で事務をとっていたから、二年・香川智広《ともひろ》と名乗るその生徒があの「ちょっと変った男の生徒」に他ならないことをすぐに悟り、悟ると同時に息をのむ思いでその思考の流れに注目した。その精神様態の異常さが、「ちょっと変っている」といった程度ではないことに気づいたためであった。「彼」の心には選ばれた者としての自覚があった。しかし選ばれた者としての不安は見られなかった。七瀬がこれまでに出会った超能力者たちには、彼女同様、選ばれた者であるが故《ゆえ》の現実不安が、誇りを圧倒していた。超能力者であることを他人に知られるのではないかという怖《おそ》れは七瀬同様、彼ら超能力者全体にとっての正常不安だったのである。したがって「彼」が超能力者でないことは確かであった。では「彼」のその選良意識の強固さは何によるのであろう。名門校の学生であることや自分たちの家庭が裕福であるための選良意識ならこの学校の他のほとんどの生徒にも見られたが、一方彼らはまさにそのことによって、進学競争に破れたり家族の虚栄心を裏切ったりすることへの現実不安や神経症的不安も同時に、他校の平均的な生徒たち以上の強さで抱いている。しかし「彼」には、ふつうどんな人間の意識内にも見られる、あの瀰漫《びまん》性の不安さえまったくなかった。これはいったい、どんな人間なのか。七瀬は驚嘆した。その時すでに七瀬にとって「香川智広」は高校二年生・香川智広ではなく、「彼」という括弧つき人称代名詞を記号がわりにした探求目的になっていた。

書類から顔をあげ、七瀬は彼を盗み見た。そこにいるのは整った顔立ちの、色白で眼のやや鋭い若者だった。だが、はっとするほどの美貌《びぼう》の持ち主が多い最近の若い男性の中では、とりたてて群を抜くほどの顔立ちでもなく、その内面に比べればさほど個性的な風貌ともいえない。ただ、背が高いためか態度には年齢不相応な落ちつきが感じられた。「彼」はやや過敏な感覚で七瀬の視線に反応し、顔を彼女に向けた。七瀬はほんの一秒、「彼」と視線を交してから、動揺を悟られまいとして顔を伏せた。またしても衝撃があったのだ。胸が轟《とどろ》いたのである。

「彼」は七瀬の美貌に驚かなかった。自分の美貌に驚かぬ若い男性に会うのも七瀬は初めてだった。誇りが傷ついている余裕さえないほど、七瀬は混乱した。「彼」にとって七瀬は、時原という幾分斜視気味の醜い女子事務員同様、「彼」に奉仕する存在であり、七瀬の美貌は認めたものの、それは「彼」への奉仕に関係がないのだった。七瀬は「彼」がどんな女性も性的対象として考えたことはほとんどないに違いないと確信した。かといってナルシシズムやホモセクシュアルな傾向がそれほど強いとも思えず、ふと、本当に地球人なのかという突拍子もない空想へ飛躍しそうになったほど、それは並はずれて異常な精神であった。

その後もしばしば、「彼」に近づくたび、もう「彼」の意識流を遠くからでも他のそれらとは画然と区別できるため、「彼」の心の常人とはあきらかに異質な部分を新しく発見しては驚くことが何度かあった。たとえば「彼」にとって「彼」に「奉仕」する人間というのは、七瀬たち教務課職員だけにとどまらず、教師や学友を含めた「彼」以外のほとんどすべての人間なのであった。そして「彼」が、自分に奉仕している人間たちに対して実際に見くだした態度をとらない理由は、単にそういったサーヴァントたちも世界の構成物質として一種の生物学的自由を持ち、自分たちが他人に仕える人間ではないと思いこむ自由を持っている筈だから、というのであった。幼児にはよくある心理だが、十七歳の若者の考え方としてはきわめて異常といえる。また、なぜ「世界の構成物質」などという奇妙に大がかりな表現を「彼」が好むのかわからず、七瀬はますます混乱した。

七瀬は学籍簿を調べてみた。「香川智広」の父の香川頼央《らいおう》は画家で、洋画壇では一流の美術団体に所属していた。母はいなかった。十二年前、「彼」が五歳の時に死亡している。また、「彼」は現在、父とふたりで市内の高級マンションに住んでいる。兄弟姉妹はいない。

わかったことといえばそれだけであった。いや、さらに「彼」の女性無視が、エディプス・コンプレックスのせいではないらしいこともわかった、というべきか。正確には「女性無視」ではないが、若い男性が美しく若い女性に性的関心を向けないのはやはり一種の女性無視であろう。それがエディプス・コンプレックスのせいでないらしいとすれば、いったい何によるものなのか。いかなる母親といえども、死後十二年も息子の潜在意識をそれほど強く自分に結びつけておくことなどできない筈だ。

残ったひとつの可能性は、超能力者である「彼」が自らの精神に施した自衛的なシミュレーションであるという考えかただった。あんなメチャクチャな精神構造のままでまともに学校生活を送っていられることもひとつの不思議だったからである。しかし七瀬にはそれが「彼」の擬態とは考えられなかった。自分の過去、「お手伝いさん」をしていた十八、九歳の頃の自分を振り返って考えても、「彼」にそんなことを常時維持できるほどの強固な意志が持てるとは、とても思えなかった。

夏期休暇の間も七瀬の心には「彼」の存在が重苦しく居すわっていた。理解できぬまま、理解する手段もないまま、またそのために疑問は強くなるばかりだった。自分の心にこんな揺さぶりをかけた「彼」を抛《ほう》っておけない気持もまた、強くなるばかりだった。そして秋がきた。

硬球が空中で破裂するという超自然現象があって以来、七瀬にとって「彼」はより危険な存在となった。野球部員たちが口をそろえて「平気だった」という硬球破裂の際に「彼」がとった態度からも、その現象は当然「彼」と結びつけて考えるべきだろうと七瀬は思ったし、あのバットの若者のおびえかたもただごとではなかった。しかしその超常現象が「彼」の念力《テレキネシス》によるものではないこともはっきりしている。七瀬の知る限り、念動力とも呼ばれているようにその種のESPは、離れた場所にある物体をほんの少し浮かび上がらせるだけでもたいへん大きな精神力を必要とする筈で、まして硬球を跡形もないまでに砕くといった芸当を念力で行ったとすれば、その巨大な意志力は怒濤《どとう》の如《ごと》きものに違いなく、事務室にいた七瀬が当然感知していていい筈だったのだ。

ではあの現象は何によるものか。「彼」がやったのでないとすれば「彼」以外の誰が、また、何がそれをやったのか。あるいはあの現象は「彼」にはまったく関係なく、本当にかまいたち的な超自然現象があの時偶然起ったのだろうか。そうではない筈だった。以前「彼」の周囲でそれに似た現象が起ったからこそ、それを目撃したからこそ、バットの若者があれほど「彼」へのおびえをあからさまに示したのではなかったか。

（おれを睨《にら》みつけた）

バットの若者が特に強くこだわっているその（睨みつけられた）こと、つまり「彼」が誰かを睨みつけたことが（復讐）につながるような事件は、必ず、かつてバットの若者の眼の前で起っているに違いなかった。七瀬はまず、その事件をバットの若者の記憶の中から引きずり出さなければならないと考えた。今、まだ「彼」のことをよく知らぬまま「彼」に直接ぶつかっていくのは無謀だし、危険だった。

放課後、運動場で行われる野球部の練習をしばしば見るうち、あの時のバットの若者がチームの四番打者で、守備位置がセンターであることを七瀬は知った。

「ねえ。センターの子、いるでしょう。あの子恰好《かっこう》いいわね」ある時七瀬は時原やよいにそうささやきかけてみた。

教務課職員の中で、時原やよいは机を並べているため七瀬と親しく、女子職員中では最古参のオールド・ミスだった。

「ああ。彼はわが校のホームラン王なのよ」すらすらと彼女はそう答えた。

その時ちょうど時原やよいの机の上の電話が鳴り出し、苗字《みょうじ》を聞き出すことはできなかったが、すでに七瀬は受話器をとりあげる彼女の心の中にそれを見出《みいだ》していた。

（沖）（沖君）（沖君と言ったっけ）（ええと名前は）（沖）（沖なんだっけ）

沖という苗字だけで充分だった。七瀬はすぐに学籍簿を調べた。むろん、沖というちょっと変った苗字の生徒はひとりしかいなかった。

沖秀則は「彼」と同じ二年生で、一年の時には「彼」と同級だったが現在はクラスが違っている。七瀬は沖秀則の出身中学の校名を見て思いあたることがあり、学籍簿の「彼」のページと照らしあわせてみた。やはり「彼」は沖秀則と同じ湖輪中学という公立の中学校を卒業していた。沖秀則はその湖輪中学に於《お》いてか、あるいはこの高校へ入学してから一年で同級生だった時、「彼」に、または「彼」の周囲に起った事件を目撃したのであろう。

沖秀則と二人きりで話す機会はなかなかやってこなかった。硬球破裂事件から一カ月が経《た》ち、二学期も半ばを過ぎた。

「沖君」七瀬は前を歩いていく沖秀則の一メートルうしろまで早足で近づいてから並の歩調に戻り、声をかけた。

沖秀則は振り返り、顔を赤くし、胸をときめかせた。

「やあ」（あれは本当だったのだ）（この美人が）（このミス手部高校が）（おれを好きだったのは）

時原やよいが沖秀則に告げ口をしていたのだと知り、声をかけた理由をでっちあげて説明する手間が省けそうなので七瀬はほっとした。

（沖君。教務課の火田さんがね、あんたのこと恰好いいって言ってたわよ）

（まさか。はは）

（あら本当よ。すばらしいじゃないの。あんな美人に好かれるなんて）

校門を出て約一丁、バスの停留所まであと一丁という商店の多い大通りであった。練習が終ってから珍らしく一人で帰っていく沖を教務課の窓から見た七瀬は、たまたま帰り支度をすませたばかりだったのですぐに彼を追ったのだった。すでに日は暮れかけていた。通りの街燈《がいとう》にも、通りに面した店のうちそとにも明りがついていた。二人は並んで歩いた。半鐘泥棒という渾名《あだな》でひそかに嘲《あざ》けられることが多い七瀬も、一メートル八〇は越すと思える長身の沖と並べば釣りあいがとれた。沖は、かすかに汗のにおいがした。

遅いわね、うん練習が、ほかの子は、うん先に帰った、おれ部室の掃除の当番だったから、他愛《たわい》ないそんな会話を交しながら「壱番館」というコーヒー専門店の前までくると、グアテマラ特有の苦みの混った強烈な芳香があたりに立ちこめていた。

「いい匂《にお》いね。飲んでいかない」予定通り、七瀬は沖を誘った。

いつも歩道に面した窓から店内を覗《のぞ》くらしく、沖は七瀬が帰途必ずこの店へ立寄ることを知っていた。この店へ近づくにつれ沖の心には彼女からコーヒーを誘われるのではないかという期待が芽生えはじめていたが、いざ誘われてみると学生らしい恥じらいが先に立ち、彼は数秒ためらった。（誰かに見られたら）（たちまち皆に知れて）（おれはよく噂《うわさ》される）（評判になって）（冷やかされる）（しかも相手が
（ホームラン王　ミス手部高校））（一緒に）（女生徒たちが）（変な噂を）
「ぼくに奢《おご》らせてくれるなら」しかしすぐ、彼はそう言った。いくら年上の社会人であっても女に奢られるのはいやというスポーツマンらしい保守性を見せ、こちらが奢るのであればさほど恥かしくないし、自分が誘ったことになるのでかえって自慢できるという奇妙な論理で自らを納得させたのである。
　いちばん奥のテーブルで向きあっても、すぐ「彼」を話題にはできなかった。コーヒーをほとんど飲み終え、沖がうちとけてくるまで七瀬は待った。沖は一カ月前の事件のことも、「彼」のことも、今は心になかった。真面目《まじめ》な高校生のことだからさすがに目の前にいる女性について不謹慎な想像をすることはない。ただ、子供っぽく見られることをおそれ、学友たちやチームのメンバーとの乱暴な会話の調子がつい出そうになるのを警戒しているだけだった。したがって彼は無口であり、七瀬

にとっては好感の持てる若者だった。

ほとんどの生徒が下校してからでないと校庭では練習させてもらえないという話題になったので、七瀬は言った。「やっぱり、危険だからかしら。そういえば一カ月ほど前、誰かに当りそうになったボールが突然割れたことがあったわね」

いかにも話のはずみのように七瀬がそう持ち出すと、沖の記憶の中の、今までほんの薄皮一枚に覆《おお》われていたものが弾《はじ》けるようにとび出してきて彼の心をいっぱいに満たした。発汗、呼吸比の異常、血圧上昇、動悸《どうき》の昂進《こうしん》などがあり、それはちょうど意地の悪い質問でタレントの反応の度合いを測定するあのおなじみのテレビ番組でいうならば、背後の照明板いっぱいに明りがついたようなもので、これには七瀬の方がびっくりした。沖の突然の興奮は七瀬があの時のことを話題にすることは予期していなかったためで、事件があった時「彼」のことに心を奪われていた沖は、七瀬が現場にやってきたことなどすっかり忘れていたのだ。

(そうだ)(この人もあの時いたのだ)(あの時だ)(あいつが)(あいつが)**(おれを睨みつけた時だ)**(だが)(あれから何も起こらない)｛(復讐《ふくしゅう》されなくてよかった)
(あいつは忘れてくれたのだ)｝

恐れていた復讐は沖の被害妄想で、実際には「彼」は沖に対して何の仕返しもしなかったらしい。しかし七瀬が知りたいのはそんなことではなかった。

「ほら。あの時ボールが頭にあたりそうになった子ね」言いつのった。「あの子、あなた、知ってるの」

七瀬は「彼」にボールが当りそうになった瞬間を目撃したわけではない。しかし、沖はそのことを知らないし、沖にとってそんなことはどうでもいいことなのだ。

（なぜそんな）（あいつのことを）（なぜ知りたがるんだ）（喋《しゃべ》りたくないのに）（喋ると悪いことが）それでも沖秀則はしぶしぶ答えた。「うん。あれは香川っていうやつでね。一年の時に同級だった」（変なやつ）（気味の悪いやつ）（女嫌い）（悪魔的な）（能力を）（危険）（近づかない方が）

（女嫌い）という沖の内心の表現に七瀬は注目した。話題を変えるふりをして七瀬は沖に訊《たず》ねた。「ね。沖君。あなた、恋人いる」

たちまち沖の心の反応測定パネルが孔雀《くじゃく》の上尾筒《じょうびとう》のような扇形であらわれ、輝き、はげしく明滅した。

千佳・幸江

いないと言わせたいのか

言えるものか

ガールフレンドなら

恋人はあなたです

学友にはいない

もし言ったら

いると言わせたいのか

歌子・美恵

己惚《うぬぼ》れ、ためらい、羞恥《しゅうち》、疑いなどが猛烈な勢いで渦巻きはじめ、おやおやと思いながら眺めるうち沖の心の扇形反応測定パネルの中心部には七瀬という名が大きく浮かびあがってきて、告白を想像するだけがせいいっぱいでありながらもそれをどんな表現で口にするかがさしあたっての課題になり、彼はどうせできそうにないその返事のしかたをまさぐりはじめた。

(あなたです)──→(少しねちっこい)

(火田七瀬という人です)──→(これはいやらしいんだよ)

(君だよ)──→(そう。あっさりと)

ついさっきまでわたしのことなど考えてもいなかった癖に。ちょっと親しげにするとすぐこれなんだから。やはりこの若者も男であったかなどと思いながらもその一方で七瀬は、考えていることとはうらはらに口では何も言えず黙りこんでしまった彼の純真さをやや哀れに感じた。問題を一般的にして彼の負担を軽くすると同時に、「彼」の「女嫌い」へ話を持っていこう、彼女はそう考えた。

「たとえばさ、そうね」七瀬はテーブルに肘《ひじ》をついて顎《あご》を支え、沖の方に顔をつき出して眼を細めた。「あなた自身のことを話したくないなら、さっき言った、香川君のことでもいいわよ。たとえば香川君には恋人はいるの」

（なんだ）沖は大きく失望の色を表情に出した。（おれたち生徒のセックス・ライフか何かを知りたいわけか）（年上の女はみんなそういうことに興味を）「ああ。あいつには恋人はいないよ」沖は「彼」のことを話題にする危険性を一瞬忘れて、喋りはじめた。「あいつは女嫌いでさ。一年の時にも」

危険信号らしいものが走り、沖は黙った。

（いかん）（喋ると）（あいつが）（怒る）（おれが喋ったことをあいつが知った場合）（まずい）（まずい）

まずい、まずいのくり返しと平行に、沖は記憶心像で事件を再現しはじめていた。

七瀬は、話題を変えようとしてあせり、急に饒舌《じょうぜつ》になった沖のことばにはうわの空で、彼の想起閾《そうきいき》にのみ注意力を集中させた。

「ま、いろんなことがあってさ。それでま、女嫌いってことがわかったんだけど、でも他にも女嫌いのやつはいるぜ。ほら、あれだろ。最近、女が強くなってきただろ。なぜか知らないけどさ。議論だってうまいしさ。男は言い負かされてばかりで。それでま、女嫌いの男が。ま、野球部にはあまりいないけどね。そうそ。野球部になら、特定のガールフレンドのいるやつ、二、三人いるよ。でも、あれは恋人っていえるのかなあ」

野球部員たちのことなどは、聞いてもしかたがない。七瀬は腕時計を見た。「そろそろ出ましょうか」

七瀬には事件のあらましが、そのほんの一、二分の間に沖の想起したイメージを組み立てることによって想像できた。細部も、あとで沖のイメージの理解不可能だった断片を組み立てなおせば、もっと詳しくわかる筈《はず》だった。

バス停で別れる時、沖はなかなかの役者ぶりを見せ、名残り惜しげにまた話をしようねと言った。この若者と話す必要に迫られることは二度とない筈であったが七瀬は微笑して小さくうなずいた。彼女の微笑が意外に深く沖の心へ食いこんだらしいことを知り、七瀬の胸はほんのちょっぴり痛んだ。

事件に関する沖の想起、再認は単独の事物表象や順序の混乱が多くて、まとまった回想ではなかった。アパートに戻った七瀬は改めてそれらすべてをノートに箇条書きしてから、その事件の時間的発展にしたがって整理しなければならなかった。

登場するのは沖自身と「彼」、それに視覚型言語表象による草下萌子という名前と、おそらくはその名前の人物に違いないやややエキゾチックな顔立ちの娘、さらに木谷という苗字を持った顔色の浅黒い若者の、合計四人である。沖が木谷とあまり親しくないためか、木谷の名前はついにわからなかった。沖、「彼」、草下萌子、木谷の四人が高校一年の時の同級生であったことは、七瀬が「第二の回想」と名づけた部分に副次的に出てきた図式的記憶ですぐにわかった。

最初に出てきた断片的回想は、「彼」が校庭を歩いていくうしろ姿である。むろん沖の眼が見た情景の再現だ。校庭には誰もいず、「彼」が鞄《かばん》を提げ校門へ向かっているところから、放課後三十分は経過していたのだろうと推理できる。そこへ木谷が「彼」を追って走っていく。「彼」が立ち停まり、振り返る。二人は向きあってふたことみこと言い争う。そのことばははっきりせず、単なる騒音としてしか沖には記憶されていない。

木谷が強い言葉を吐いたらしく、「彼」が急に黙りこみ、木谷を睨《にら》みつける。その睨みつけかたこそ沖が（睨みつけられた）として恐れるそれと同じものだ。

木谷が右手を振りあげる。「彼」を殴ろうとしてである。と、急に木谷のからだが地上二、三メートルの宙に垂直に浮かびあがり、その高さのままで真横にふっとんで行く。沖の眼は驚愕《きょうがく》に見ひらかれたまま木谷を追う。木谷のからだはやがて抛《ほう》物体《ぶったい》の落下曲線を描き、校庭の隅のプールの中へとび込んでいく。

　これが「第一の回想」である。超常現象が起った事件の回想なのだから、この第一の部分が事件そのものをあらわしているのだ。

　ここで変なことばが聴覚型言語表象として出てくる。「三年の香川君が屋上から落ちそうになって」ということばで、これは女の声だ。意味は不明である。現在の「彼」は高校二年だから、これは中学三年の時の「彼」、もしくは小学三年の時の「彼」の身に起ったことなのであろう。

「第二の回想」は「第一の回想」が「事件」であるとすればその「原因」の一部をなすと思えるものである。場所は校舎内の一角、それも校舎の入口に近い廊下のどこかである。草下萌子と木谷が話しあっている。二人がときどきこちらを向いて話しかけてくるからには、沖もその場にいて三人で立ち話をしていたのであろう。木谷と草下萌子の彼方《かなた》には階段が見えるが、それでもまだ校舎内のどの部分なのか、七瀬にはわからなかった。その時話しあっていた内容は、たいしたことではなかったらしくて沖の記憶にはない。草下萌子と木谷はただ口をぱくぱくさせているだけである。そこへ階段をおりて「彼」がやってくる。「彼」はポケットから封筒を出し、草下萌子につきつける。その封筒は沖の記憶の歪曲《わいきょく》と誇張によって、ひどく大きく、なまなましいピンク色をしている上、ハート型のシールや何やかやであきらかにエロチックな変形を施されていた。

ここではっきりした聴覚型言語表象がある。「彼」がこう言うのだ。「この手紙、ぼくの鞄に入れたの、君だろ。返すよ」

そのなまめかしい封筒を草下萌子に突っ返し、無表情なままの「彼」は校舎の入口から校庭へ出て行く。沖の視線はしばらく「彼」の出て行く姿を追い、すぐ草下萌子に移る。草下萌子が声をあげて泣いている。木谷が「彼」を追い、「おい待て」と叫びながら校舎から駈《か》け出て行く。

「第二の回想」は終り、ここでふたたび変なことばが挿入される。「そうよ。香川君は一度落ちたのよ。それが浮きあがって、屋上へ戻ったのよ」声は前と同じ若い女の声である。中学生のような幼い声である。

最後の回想は「事件」の「結果」とでも言うべきもので、それは水の入っていないプールの底に木谷が俯伏《うつぶ》せに倒れているという、ただそれだけの情景である。第一の回想の続きに違いなかった。

事件のあらましを順に追えばこういうことになる。草下萌子という、あきらかにややエキセントリックな女生徒が同級生である「彼」の鞄にラヴ・レタアをしのびこませた。大人っぽく見え、同級の女生徒たちなどまったく眼中にない様子の「彼」は、それまでも女生徒たちの間で評判になっていたに違いない。男子生徒たちに混って名門の大学受験校へ入学した数少い女生徒たちのことであるから誇りの高い勝気な娘ばかりで、そのことはふだん彼女たちと接しているため七瀬もよく知っている。したがって「彼」は彼女たちにとってはなはだ気になる存在だったのではなかろうか。

草下萌子という生徒の心理を観察したことは一度もなかったが、その美貌《びぼう》と、そしてまた顔立ちにはっきりあらわれている性格から考えて誰よりも強い自負を持っていたに違いなかった。ラヴ・レタアを書いた動機が、本当に「彼」を好きになった為《ため》なのか、他の女生徒をだし抜く為であったのか、そこまではわからない。しかし七瀬にはラヴ・レタアという告白の手段そのものに多少の不純さが感じられた。

木谷という男生徒のことは沖の分析的判断を参考にするしかなかったが、沖によれば「いい奴《やつ》」であるらしいその木谷は、どうやら草下萌子に好意を抱いていたようだ。また、沖、草下萌子、木谷の三人が立ち話をしていたのは、草下萌子が「彼」の鞄に手紙を入れた日の放課後であったと想像できる。「彼」が自分の鞄へこっそりラヴ・レタアを入れた「同級の女生徒」にそれを突き返した時、そこがまことに「彼」らしいところなのだが、「彼」は傍《そば》に誰がいようと頓着《とんじゃく》しなかった。たまたま彼女がそこにいたから返したのであろう。「彼」の目的は単に、自分はこういう手紙のやりとりなどとは無縁でいたいのだという意思表示に過ぎず、おそらくは草下萌子に恥をかかせる気などなく、また彼女が恥をかくとさえ思っていなかったのではあるまいか。今までに知った「彼」の精神様態から七瀬はそう判断した。

草下萌子が泣いたのは、「彼」が自分の愛を受け入れてくれなかった悲しみのためではなく、第三者のいる前で手紙を突っ返されるという思いがけない出来ごとに出会った衝撃や、恥をかかされ誇りを傷つけられた怒りのためであったろう。また木谷が怒ったのは、おもて向き「彼」の思いやりのなさに対してであろうが、その怒りは彼女の関心が自分にではなく「彼」に向けられていることを知ったため大きく増幅されていたに違いない。木谷は「彼」を追い、愛する彼女にかわって「彼」の無礼を咎《とが》め、愛する彼女にかわって「彼」に制裁を加えようとした。沖は校舎の入口でこれを見ていた。その時、沖が回想した通り、木谷のからだが宙をとんでプールへ落ちるという超常現象が起った。秋か冬のことだったらしく、プールには水が入っていず、木谷は大怪我《おおけが》をした。沖はプールサイドへ走って行き、木谷がプールの底に倒れているのを目撃している。硬球破裂事件の時と同様、どうやら「彼」はそのまま、冷然として帰っていったようだ。

沖の回想から想像できたことはそこまでであった。草下萌子はその超常現象を沖と一緒に目撃したのか。校舎の中で泣き続けていたため見なかったのか。沖はその事件をどう処理したのか。また、その事件のことを多くの第三者にどう説明したのか。木谷の怪我はどの程度のもので、木谷はその後どうしたのか。そういったことはわからなかったが、調べればすぐにわかる筈のことばかりであり、「彼」の周囲に起る超常現象の原因をつきとめるのが目的の七瀬にとってさほど重要な事柄ではない。

沖の回想による「人体飛行事件」と、一カ月前の「硬球破裂事件」の共通点は、どちらもそれが超能力者によるE・S・P《エクストラ・センソリイ・パーセプション》であったとして考えた場合、念力または念動力、いわゆるテレキネシスとかサイコキネシスとかいわれているものの範疇《はんちゅう》に属する事件である。ふたつの事件の異る点は、一方が物体の移動でもう一方が物体の破壊であったということ以外に、その事件のどちらにも関係している「彼」が、「人体飛行事件」の場合は相手を睨みつけることによってはっきりとそれを行う意志を示したように見え、「硬球破裂事件」の場合は本人の意志にかかわりなくそれが起ったように思えるという点である。してみると、どちらの事件も本人の意志にかかわりなく起った、ということだって考えられるのだ。特に、「彼」の精神様態が、異様ではあるが超能力者のそれとははっきり違うことを知っている七瀬にとって、ふたつの事件は「彼」以外の何者かの手によって行われたとしか考えられなかった。ではその「何者か」とは何か。ここで七瀬はふたたび「硬球破裂事件」の時と同様行き詰ってしまうのだった。

あと、まだ解明していないのは幼い女の声によるふたつの聴覚型言語表象である。これは同一の事件をあらわしていると考えていいのではないか。また、沖の記憶にあるからには、中学三年の時の事件だと考えられる。沖と「彼」は違う小学校をそれぞれ卒業しているからだ。

おそらく「彼」が何かのはずみで校舎の屋上から落ちたのだろう。女の声は最初「落ちそうになって」と言い、次に「一度落ちた」と言いなおしている。落ちそうになったというだけなら沖の記憶に残るほどの事件ではないのだから、これは本当に落ちたのであろう。そして落下の途中で「浮きあがり」、また「屋上へ戻った」のだ。沖の記憶にある女の声は、この超常現象を目撃した女生徒の声で、おそらく沖か、あるいは沖を含めた何人かの生徒にその事件を告げている声に違いない。最初「落ちそうになった」と言ったのは、落ちる途中で浮きあがったというような超常現象を表現することばに困ったためでもあろうか。しかし「彼」がどういう状況で「屋上から落ちる」などという失策をおかしたのか、どのような浮きあがりかたをしたのか、それはわからない。

いつか湖輪中学へ行って調べてみよう、と七瀬は思った。たとえ現在の在校生や教職員の中に目撃者はいなくとも、それほどの超常現象が起ったのであれば必ず評判になった筈だし、少くとも当時の「彼」の担任であった教師ならある程度のことは知っているに違いない筈だった。

もしその事件が事実であれば「彼」自身が超能力者《エスパー》でないことは確定したも同様である。なぜなら七瀬には、「自分の身体《からだ》を空中に浮揚させ得る念動力」などというものが、現在この世界に存在するとはとても思えないからであった。

次の日、早いめに登校した七瀬は校舎内を歩き、沖、草下萠子、木谷の三人が立ち話をしていたと思える場所を見つけ、立ってみた。階段がすぐ近くにある廊下の一角で、そこから校舎の入口までは沖の回想よりもやや遠い距離にある。ここではないのか、とも思ったが、沖の記憶にあてはまる場所は他にない。きっと沖が木谷を追って走ったため、入口までほんの二、三歩でたどりついたような、記憶の歪曲の中では特に多いとされている「距離の短縮」が生じたのだろう。入口に立ってみると、そこが沖の、「彼」と木谷の口論を目撃した地点に相違ないことはあきらかだった。

草下萠子は、木谷のからだが浮きあがり、プールの方へとんで行くという超常現象を見なかったのではないだろうか、と、七瀬は想像した。きっと廊下で泣き続けていたのだろう。もし見たのであれば沖を追って入口まで走ってこなければならなかったわけだが、精神的な衝撃、それもわあわあ泣くほどのショックを受けていた彼女にそんな余裕があったとは思えない。さらにまた、彼女がその超常現象を見ていればそれは彼女のお喋《しゃべ》りのために「世にも不思議な出来ごと」として学校内にもっと噂《うわさ》が拡《ひろ》がっていていいのではなかろうか。

むろん草下萌子が、目撃したことに関して口をつぐみ、誰にも喋らなかったという可能性だってあり得る。なぜならその事件の直前には彼女の誇りが大きく傷つけられるという出来ごとが起っていて、そのことまで評判になるというような事態を自尊心の強い彼女が望むわけはないとも考えられるからだ。この場合は、草下萌子にとってどちらがより大きな問題であろうか、ということになる。超常現象か。自尊心か。

草下萌子に会えばすぐにわかる筈だった。一時間目の授業時間のうちに七瀬は学籍簿を調べ、時間割を確かめた。授業終了ベルが鳴ると同時に七瀬は事務室を出て三階にあがり、生物教室の前の廊下に立った。草下萌子と「彼」は現在も同級であるが、同級生の約三分の二が受けている生物の授業を、志望校の受験科目の関係で「彼」が選択していないことは以前「彼」の時間割を調べて知っている。授業が終って教室から出てくる生徒たちの中に七瀬は、沖の記憶の事物表象によって草下萌子の顔をすぐに発見した。彼女は生物の教師からわざと答えられないような質問をされ、恥をかかされたと思い、ひどく腹を立てていた。怒りっぽい娘だった。

（わたしが美しいものだから）（自分が貧乏なもんだから）（どうにもならないものだから）（いやがらせ）（嫉妬《しっと》）（復讐《ふくしゅう》）（そうだわ）（いつか復讐を）

声をかけるのは気がすすまなかったが、草下萌子に「彼」のことを思い出させるためにはそうする他なかった。「彼」のことを訊《たず》ねても、さしさわりはない筈《はず》だった。草下萌子と「彼」があの事件以来、よほどの必要に迫られてでもない限り言葉を交したことが一度でもあるとは思えなかったから、七瀬が草下萌子に「彼」の所在を訊ねたことは「彼」に伝わらない筈だ。

七瀬は草下萌子に近づき、他の生徒に聞こえないよう、その耳もとで訊ねた。

「香川君、知らない。このクラスでしょ」

猫の尻尾《しっぽ》を踏んづけたようなものだった。彼女は振り向いて自分より背の高い七瀬をうわ眼遣いに睨みつけ、吐き捨てるように言った。「知らないわよ」小走りに駈け去った。

　腹を立てている折も折、一生の精神的外傷《トローマ》として残るほどの恥をかかされた相手の名を聞かされ、彼女の快《P》・不快《U》軸の下端にあった針がぴーんと真横の注意《A》・拒《R》否軸の方へはねあがり、どす黝《ぐろ》い感情がどろどろと渦巻いた。しかし駈け去って行く草下萌子の意識を追う七瀬は、そこに何のおびえも、また「人体飛行事件」に関するなんの記憶もないことを見て取った。彼女が超常現象を見たのでないことは確かだった。

　ちょっと心配なのはあとで彼女が「彼」に会い、厭味《いやみ》半分の報告をする可能性だった。

（香川君。事務の火田さんがあんたを捜してたわよ）（行ったげた方がいいんじゃないの）（いいわね。あんな美人に好かれて）

　その結果もし「彼」が教務課の窓口へやってきて七瀬を呼び出し、用件を訊ねた場合、七瀬は何か答えなければならない。

　お父さんの正確なお名前は、と訊ねればいいだろう、七瀬はそう考えた。学籍簿に書かれている「彼」の父の名の「頼央」の「央」という字が「史」という字にも読めたからだ。しかし草下萌子は「彼」に何も言わなかったらしく、その日「彼」はやって来なかった。

木谷という生徒の名は昨年度の学籍簿で発見した。木谷信光は一年の三学期、それもうすぐ学年末試験があって二年進級という二月の中頃に退学している。プールに落ち、大怪我をして間がない時期であろう、と、七瀬は判断した。木谷信光の住所や家族の名を暗記してから、七瀬は「彼」、草下萌子、木谷信光の三人の、当時の担任の名を調べた。浜口という国語の教師であった。

教務課の隅の書類棚の前で学籍簿を調べている七瀬の背後に何やら腥《なまぐさ》いものが近づいてきた。調べものに没入し、受信アンテナを立てていなかった彼女は、しばらく前から誰かが自分に注意を向けていて、ゆっくり近づいてくることに気づかなかったのである。七瀬はまた、いつもよくやる失敗を演じてしまった。はっとして振り返ったのだ。同じ教務課の尾上という男だった。彼は七瀬の勘の鋭さに驚いて少しのけぞったが、すぐに気をとりなおし、にやりと「笑い猫《チエシャー・キャット》」の笑いかたをして見せた。

昼休みの時間で、事務室には他に二、三人しかいなかった。ひとりで何をこそこそ調べているのかという、いつもの尾上なら当然発するであろう質問を七瀬は予想した。しかし、そうではなかった。

「やあ。昨日のデイトはいかがでした」くぐもった声で尾上は言った。

もし彼の記憶心像に沖の顔があらわれなければ、なんのことを言っているのか七瀬にはわからなかっただろう。

「ああ」

軽くうなずいて笑いながら、七瀬はさりげなく学籍簿を棚に戻した。さいわい尾上は七瀬の表情の反応にのみ心を奪われている。

夜ごと空想の中で裸身の七瀬と愛欲に耽《ふけ》っているこの独身の中年男は、昨日喫茶店で七瀬と沖が仲よく話しあっているのを通りから目撃して以来ずっと、七瀬と沖の恥知らずな姿態を想像することに熱中し、情欲をかき立て嫉妬の炎を燃やし続けていた。尾上は今、七瀬の返事を待ち、にやにや笑いを浮かべたままじっと彼女の表情の変化を観察していた。

「よくご存じですのね」

七瀬が自分のことを棚にあげ、彼の穿鑿《せんさく》好きを皮肉るつもりでそう言っても、尾上には通じなかった。返事に困っていると思い、それを面白がっていた。彼はさっき、わざわざ沖の教室まで出かけていって廊下へ出てきた彼を呼びとめ、七瀬とのことを冷やかしてきたらしい。尾上が朝から自分とそっくり同じ行動をとっていることを知って七瀬は苦笑した。

「さっき沖君に会いましたけどね」歪《ゆが》んだ顔を七瀬に近づけ、腥い呼気を吐きながら尾上は言った。「ずいぶん君に参ってるようでしたよ」そう言って彼はまた、七瀬の反応を確かめようとし、少し顔をひき離して眼を細め、彼女を凝視した。冷やかされ、耳たぶまでまっ赤になっている沖の顔を鮮明に、尾上は想起表象のスクリーンへ映し出して見せた。

さほど醜い容貌でもないのに、どうしてこの男がこれほどまでに女性に対するひねくれた感情を持つに到ったのか七瀬は不思議だった。いや。むしろもともとは好男子に属する容貌なのである。しかしその顔は精神の醜悪さのため、異形化といっていいほどに歪んでしまっていた。いくら読心能力がなくても、顔をひと眼見ればその性格がわかりそうなものなのに、どうして他の人間たちが彼に対して何の警戒心も抱かないのかと七瀬は思った。尾上のそれは七瀬が時おり街などで出会い、どうしてこんな人物が野ばなしにされているのかと感じて立ちすくむ種類の精神と、醜悪さ、異常性、兇悪《きょうあく》さにおいてさほどの差がなかった。もし誰もが七瀬同様の精神感応能力者《テレパス》であるとすれば、この男の顔を見ただけでいっせいに悲鳴をあげ、逃げ出す筈であった。

怒らせてはまずい、と思いながらも七瀬はつい挑発的に笑ってしまった。「まあ。彼がそんなにわたしを。本当ですの。嬉《うれ》しいわ」

嫉妬と憎悪《ぞうお》が意識の表層部へ噴出し、尾上はもはや笑い猫《チエシャー・キャット》の笑みを浮かべている余裕すらなく、顔色が変り顔面筋肉が引き攣《つ》るのを食いとめるため、心で七瀬の頬に数十回、数百回、数千回の平手打ちを加え続けなければならなかった。

（ぬけぬけと）（弱味を握って）（恥かしい思いをさせてやるぞ）（ひざまずかせてやる）
（今に見ろ）（強姦《ごうかん》してやる）（生きていられなくしてやるぞ）（泣きわめかせてやる）

あまりにも美しすぎる七瀬をどうせ自分には手が届かぬものとしてあきらめ、彼女への恋情を否定するため、それを故意に性的衝動としてしか考えようとしない男は今までにもしばしばいた。尾上の場合は相手の肉体を求めるためのストレートな手段はまったく考えず、陰謀を練り、相手の弱味を握り、それを武器にして自分の言いなりにしようとたくらむか、それが不可能ならあらん限りの厭《いや》がらせで相手を不幸にしてやろうとするのである。自分がその女性を好きになったことでその女性に腹を立て、相手を傷つけずにはおさまらないわけであって、女性によほど根強い憎悪を持っているに違いなかったが、それがどんな原因によるものか七瀬は知ろうとも思わず、知りたくもなかった。どうせ彼の身勝手さから女に嫌われるか裏切られるかしたのであろう。

「純真な生徒を面白半分に誘惑するのは、やめた方がいいですな」

唇を顫《ふる》わせながら尾上は口早にそう言い、血の気のひいた顔を見られまいとしていそぎ足に事務室から出て行った。しかし腥い空気だけは執念深くいつまでも七瀬の周囲にたゆたい続けた。

放課後、七瀬は職員室へ行く用があり、運よく国語の教師の浜口が自分の席にいるのを見かけた。今まで話したことは一度もなかったし、話しかける用意は何もしていなかったが、他にあまり人もいず、いい機会だったので用が終ってから近づいていき、声をかけた。

「浜口先生」

振り返った浜口は七瀬を見て顔を赤くし、返事もまともに出来ぬ様子でやあともどうもともつかぬ言葉をもぐもぐと口の中でつぶやいた。若い、気の弱い男で、まだ独身だった。七瀬にあこがれていながら、また、今までに話しかける機会は何度もありながら、あこがれているが故《ゆえ》に話しかける勇気が出ないといった、気の弱い男によくある七瀬にはお馴《な》染《じみ》のタイプだった。大胆な自分が次第に七瀬と深い関係に陥っていく過程を何度も空想していたため、いざ話しかけられるとその罪悪感だけでへどもどしてしまうという気の毒な文学青年でもあった。

「昨年、先生が担任だった一年のクラスに、木谷という子がいませんでしたか」

「木谷君。ああ。ああ。憶《おぼ》えていますよ。あれは気の毒なことでねえ」何も聞かれないうちに浜口はべらべら喋《しゃべ》り出した。気の弱さを隠し、七瀬に陽気な、頭のいい男に見られることを望んでいた。「三学期のことでしたがね。プールへ落ちたんです。水が入っていなかったもので、プールの底で足を骨折しましてね。それに、治療が行き届かなかったためか、少し跛《びっこ》になりましてね。この学校は彼の家から遠いので。あ、彼の家はご存じですか」

「ええ。桜町ですわね」住所を暗記しておいてよかった、と七瀬は思った。

「ですから家の近くの公立へ転校したそうです。桜高校というところへね」

「まあ。そんなことだったんですの」七瀬は溜息《ためいき》をついて見せた。

「そうなんです」手前勝手に喋り過ぎたことに気づくどころか、まさに七瀬の聞きたいことを答えたと知って浜口は有頂天になり、大きくうなずいた。「なかなか成績もよかったんですが、残念でした。あの公立へ入ったのでは彼の志望している大学への進学はちょっと無理かも知れませんね」木谷の転校した公立高校を蔑《さげす》むような発言をしてしまい、彼はやっと喋り過ぎに気づいて木谷と七瀬の関係を気にしはじめた。「木谷君をご存じなんですか」

「お母さまと遠縁にあたります」七瀬は嘘《うそ》をついた。「この高校に進学したということはずっと以前にお母さまからうかがったことがあるんです。でも、そんな事故があったなんてことはちっとも知りませんでしたわ。どうしてやめたのだろうと思っていたんですの。で、どうしてまたプールへなんか落ちたんでしょう」

七瀬がじっくり話を聞く様子を見せ、隣席の空いた椅子《いす》に腰を掛けたものだから浜口はますます有頂天になった。しかしそんな感情はさすがにちらとも見せず、彼は深刻そうに眉《まゆ》をひそめた。

「それなんですがね。プールのど真ん中に落ちて気を失っていたんですよ。どうも足をすべらせたようには思えないんです。助走して自分からとびこんだ、としか思えないような落ちかたでしてね。発見したのは野球部の沖君でしたが、彼も落ちた瞬間は見ていないと言っています」

沖が「人体飛行」という超常現象や「彼」のことを誰にも話さなかったことはもう確実といってよかった。

「で、木谷君自身はどう言っていますの。落ちた時のことを」

「その前後の記憶をまったく失っています。ぼくが病院へ見舞いに行った時などは、ショックで何も話せない状態でした」ここで浜口はちょっと気どって見せ、胸を張り、喋り馴れた内容をせめて気のきいた言いまわしで喋ろうと工夫した。「ぼくが想像するに、ま、軽いノイローゼででもあったのでしょうか。ちょうど学年末テストが近づいていましたからね」

「あら。お仕事中お邪魔しました」

七瀬は浜口が驚いたほどの唐突さで椅子から立ちあがり、一礼して彼から遠ざかった。廊下から窓越しに職員室を覗《のぞ》きこみ、七瀬と浜口の様子をじっとうかがっている尾上の腥い意識を感じ取ったからであった。

湖輪中学で「彼」が三年だった時の担任教師の名はすぐにわかった。教務課へ電話をし、七瀬がこちらの校名を告げただけですぐに調べてくれたのだ。名門高校の威力なのかもしれなかった。

電話に出た職員はその担任教師が山脇幸子という女性であったこと、彼女が現在は二年四組の担任であることなどを教えてくれた。その名を七瀬は記憶に刻みこんだ。機会があれば会いに行こうと思った。公用としてでなければ不審を抱いて会ってくれないかもしれないので、休日にどこかへ呼び出すわけにはいかない。平日、七瀬の方から湖輪中学にまで出向かなければならなかった。

その機会は比較的早くやってきた。その火曜日の午後、市の教育委員会へ行く用があり、二、三時間はかかるだろうと思っていた用件が簡単に片附《かたづ》いたので、七瀬は帰途、湖輪中学へまわり道をすることにした。手部市は小さな都会だから、たとえ市内をバスで一周したとしても一時間くらいしかかからない。

湖輪中学は高級住宅地の中にあった。「彼」が父親と一緒に住んでいる高級マンションからは歩いて数百メートルの場所であることに七瀬は気がついた。ちょうど授業が終ったばかりのようであった。生徒たちが大勢下校していく流れにさからい、七瀬は校舎に入った。

山脇幸子という担任の教師に前もって電話をしておけばよかった、と七瀬が悔んだのは、人の出入りのはげしい放課後の職員室へ入り、教員たちのいそがしげな様子を見た時であった。さいわい若い女性と見れば誰かれなく話しかけ世話を焼きたがる独身の男性教師がいて、七瀬を山脇幸子の席まで案内してくれたものの、この騒がしい部屋の中で落ちついて話すことはちょっと無理のように彼女には思えた。

山脇幸子はヴェテラン教師としての誇りに満ちあふれ、それを隠そうともしない三十代なかばのオールド・ミスで、腰かけたまま縁なし眼鏡越しに、挨拶《あいさつ》する七瀬をじろりと見あげ、若い女への軽蔑《けいべつ》と反感を押し殺して微笑し、会釈《えしゃく》した。

七瀬は立ったままで言った。「卒業生の香川智広君のことで、ちょっとおうかがいしたいことが。あの、香川君のことは、ご記憶にございますでしょうか」

山脇幸子は「彼」のことを憶えていた。憶えているどころか、その名を聞くなり雷に打たれたような態度を示し、あわてて立ちあがった。(ここではまずい)(誰かに聞かれる)(彼の話をしていたことが)(誰かに洩《も》れると)(でもどうせこの女が誰かに)(この女はいったいなぜ)(彼がまた)(何かを)

「じゃ、会議室へでも」

憶えているとも憶えていないとも答えず、山脇幸子は先に立って歩き出し、廊下へ出た。会議室は職員室の向かい側だった。三十脚ほどの椅子が並ぶ会議室の隅で長テーブルの角《かど》をはさみ、七瀬は山脇幸子と向かいあって腰かけた。山脇幸子はとまどっていた。七瀬への対しかたにとまどい、「彼」のことを話すべきかどうかにとまどい、七瀬に「警告」すべきかどうかにとまどっていた。彼女が何を「警告」するつもりなのか、七瀬にはよくわからなかった。

沖が示したのと同様のおびえを山脇幸子の中に見てとった七瀬は、自分が喋らぬ限り彼女が何かを語り出すことはないに違いないと考えた。「おいそがしいところを、ほんとに、お邪魔してしまって」山脇幸子の不安を柔らげるため、微笑を絶やさぬようにと心掛けながら、七瀬はいった。

「いいえ。いいんですのよ」山脇幸子が歪んだ微笑を無理に返してきた。

会話のリズムを崩さぬよう気をつけながら、七瀬は訊《たず》ねた。「香川智広君は三年の時、先生に受持っていただいたそうですね」

「ええ」山脇幸子が突然、血管運動性の狭心症《きょうしんしょう》に近い不安を示した。（ではやっぱり）（やっぱりあの事件のことを）（特にわたしに訊ねるからには）

その事件が起ったのは香川智広が三年生の時であり、七瀬が特に「三年の時」と念を押すからには、他ならぬその事件のことを訊ねようとしているに違いない、と、山脇幸子は推理したのだ。彼女の想起閾《そうきいき》を覗き、七瀬はちょっと安心した。山脇幸子はその「事件」を目撃していた。その「事件」とは沖の聴覚型言語表象にあらわれた、「彼」が屋上から落ち、また屋上に舞い戻ったというあの事件に他ならず、七瀬は瞬時に、山脇幸子の回想から、視覚的には比較的単純なその「事件」の全貌《ぜんぼう》を知った。しかし、山脇幸子がおびえている理由は、単にその事件を目撃したためだけではなさそうだった。

現在香川智広の担任教師をしているというわけでもない、単に教務課の職員に過ぎぬこの女性が、なぜ自分のところへやってきたのかという山脇幸子の疑念を知り、追及を避けるため、七瀬はいそいで訊ねた。「香川君はどんな生徒だったのでしょう。というより、何か変ったことはありませんでしたか」

（やっぱり）（やっぱり何か）（変ったことが）（あったのだ）（あの子がまた）（何かやったのだ）何もなかったと主張し続けることに、山脇幸子は心をかためたようだった。その決心を見破られまいとしてか、彼女は七瀬に問い返してきた。「あの子が、何かしたんでしょうか」

七瀬が何を言おうと、そのことをこの用心深い女教師が他人に喋る心配はなく、その点ではまったく安心だった。「はい。いろいろとあの子の周囲におかしなことが起るものですから」

（やっぱり）血管運動性の狭心症に近い不安。（ではやっぱり）（超自然現象）心悸《しんき》昂進《こうしん》。「それはたとえば」

どんなことでですか、と訊ねようとした山脇幸子が、息をのんで声を途切らせた。

（この女は）（わたしが）（逆に）（あの子のことを）（根掘り葉掘り訊ねたと）（誰か

に喋る）（かも）（しれ）（ない）

「さあ」七瀬は途方に暮れたような表情をして見せた。「どう申しあげていいか。ちょっと、信じられないようなことが、いろいろと」

超常現象があったに違いないという判断をより強固にした山脇幸子は、もう何を訊ねられても余計なことは言うまいという決意をさらに強くしたようであった。

「で、あの、こちらでは、そういうことは」

「どういうことかよくわかりませんが、とりたてて変ったことはありませんでした」山脇幸子が七瀬を睨《にら》みつけるようにして、きっぱりとそう言い切った。

「そうですか」七瀬はあっさりと引きさがった。「ただ、ちょっと変なことを耳にしたものですから。あの子が中学三年の時にも、何かそういうことがあったと。で、山脇先生ならご存じかもしれないと思いましたので」

もう一度、何もなかったと断言しようとする山脇幸子に、また別の不安、別のためらいが生まれて彼女を沈黙させた。何もなかったことを強調しすぎるのもかえってよくないのではないかという不安、ためらいであった。その事件を自分が目撃したという事実をこの火田と名乗る女が熟知していた場合、自分がその超自然現象を異常に恐れていることまで知られてしまうのではないか、と、山脇幸子は考えたのだ。

この女教師を追いつめてはいけない、と七瀬は悟った。あきらかに心臓が弱いのだ。「では、せめて香川君がどんな子だったか、教えていただけないでしょうか」

山脇幸子はレンズの底で眼を細め、七瀬を見つめた。（やめなさい）（あの子のことを調べるのは）（やめなさいと）（警告してやろうか）（いや）（よけい興味を）（かき立てて）「そうですね」考え考え、彼女は答えた。「たいへん大胆な子でしたね」

「と、言いますと」

「そうねえ」（まるで自分にだけは何ごとも起らぬと信じこんでいるみたいに）「危険なことを平気でする子でしたわ」（そうだ）（だからあの事件が）（起ったのだ）

瞬間、ふたたびその「事件」の回想が山脇幸子の中でくり返された。

立入が禁止されている筈《はず》の、柵《さく》のない屋上の端に平気で立っている「彼」。その回想が「彼」を三階の校舎の下から見あげた仰角で再生されているのは、その時山脇幸子が運動場にいた為《ため》であろう。ここで、おそらく女教師自身が叫んだことばであろうが聴覚型言語表象があらわれる。

「香川君。あぶない。降りて来なさい」

その時「彼」の背後にひとりの男子生徒の姿があらわれる。同時に「野口君」という視覚型言語表象もあらわれる。その生徒の名に違いなかった。

「野口」が「彼」の肩を両手で叩《たた》く。それはあきらかに、屋上の端という危険な場所に立っている「彼」を驚かせてやろうという、仲の良い友達のなかば忠告としての行為であることがわかる仕草だ。しかし「野口」は何かにつまずき、自分のからだを「彼」にぶつけてしまう。

「彼」は落ちる。まっ逆様に校庭へと落ちていく。悲鳴は目撃者である女教師自身の金切り声。屋上では「野口」が立ちすくんでいる。

ここで一瞬、視界は暗黒となる。女教師が眼を閉じたのであろう。

「彼」が頭を下にしたまま、二階の窓の外の宙に浮いている。それはまるで「彼」がこのまま下に落ちていったものかどうか、思案しているように見える。やがてそのからだは垂直に浮きあがっていき、映画のフィルムの逆回転映写そのままに、もとの屋上の端へ戻る。

「事件」はただそれだけであった。ただそれだけの事件の中からは、山脇幸子のあの強い不安とはげしいおびえの原因は見つからなかった。

(そうだ)(だからあの事件も)(彼の大胆さから生まれた)

「そうですね」七瀬は女教師に同意し、うなずいた。「たしかに今でも彼にはそういうところがありますわ。だから尚《なお》さら心配で」

「でも、それほど心配なさることも」

ないでしょう、と言おうとした山脇幸子が、当然それに続くべきことばをいつの間にかうかうかと喋っている自分を予見してぎくりとし、絶句した。(なぜなら彼には)(超自然的な力が)(あるから)(いいえ)(そんなことを匂《にお》わせては)(いけない)(この人が)(これ以上興味を持つと)(危険)(危険)(警告)(した方が)

警告すべきどのような事件があったのか、七瀬はそれが知りたかった。たとえ山脇幸子の心臓の状態を多少悪化させてでも。

「ところで」七瀬は声をひそめた。「香川君のそういった点に注意を向けた人が、何か変な事故に出会う、といったことはありませんでしたか」

必ずしも当てずっぽうではなかった。山脇幸子のおびえかたから想像すれば、七瀬同様「彼」の能力に興味を抱いた人物が、そのためにたとえば木谷信光同様の目にあったという可能性が充分考えられた。その想像は当っていた。山脇幸子の眼は大きく見開かれた。窒息感といっていいほどの呼吸困難と、そして口唇《こうしん》と指さきのふるえが彼女を襲った。（この人は知っている）（何かあったのだ）（**吉本先生の身に起ったようなことが**）

吉本先生という視覚型言語表象による人物の上に起った事件は、前後が混乱したままで山脇幸子の想起閾上へ急速に浮かびあがり、彼女のおびえを強めた。その事件の真相がおぼろげにつかめた時、七瀬さえもちょっと類のない恐怖にうたれた。山脇幸子が七瀬への警告を考えるのも至極当然と思えるような事件であった。

女教師は無言のまま七瀬を見つめ続けていた。（どうしよう）（今のうちに）（この人に教えてやった方が）（この人もまた吉本先生みたいなことに）（わたしはひとりの女を殺すことに）（でも）（そうするとわたしの身の安全が）

「あら。変なことをお伺いしてしまって、すみませんでした」七瀬は立ちあがった。もう充分だ、と思った。「これで失礼いたします」

「彼」のことを訊ねに来たにしてはいやにあっさり帰ろうとする七瀬にちらと疑い

の眼を向けた山脇幸子は、すぐ、畏怖《いふ》の感情と苦痛を伴わずには続けられない会話から逃がれ得たことにほっとして、微笑を浮かべ、立ちあがった。「お役に立てなくて」

「いえ」

校舎を出ていく七瀬は、自分のうしろ姿をじっと見つめている山脇幸子の視線と思考を強く感じた。それは校門を出てしまうまで七瀬につきまとっていた。

(この人は)(死ぬ)(吉本先生みたいに)(あの子の怒りに触れて)(きっと)(まさか)(今)(あそこで)(あの校門を一歩出たところで)(死ぬ)(あの子の怒りに触れて)

そうだろうか、と、無事に校門を出て近くのバス停へ向かいながら七瀬は考えた。木谷信光が足を折ったことや、吉本という教師が死んだことは、ほんとに「彼」の怒りに触れたためなのだろうか。

吉本という教師についての山脇幸子の断片的想起を、順序正しく並べ変え、回想という形にしてみるとこういうことになる。中年の英語教師である吉本は、山脇幸子と共に校庭にいて「超自然現象」といえるその事件を目撃した。彼はすっかり興奮してしまい、「彼」に何やかやと問いただした。「彼」がそっけなく、なぜそんなことになったのか自分でもよくわからないと答えたため、吉本は次に目撃者たちの証言を求めはじめた。たった十分間の休憩時間中のことであったため、目撃者は他に、校庭にいた数人の女生徒だけであった。彼女たちの証言を確認し、さらに茫然《ぼうぜん》自失状態の山脇幸子の証言を無理やり確認した吉本は、次に目撃者というよりは事件の関係者といえる野口にも証言を求めた。しかし野口は、ちょうど「人体飛行事件」後の木谷信光同様、事件の衝撃で前後の記憶をまったく失っていたのである。

吉本はひとり騒ぎ立て、ついには新聞社へ連絡するとまで言いはじめた。他の教師たちが彼のことばをまったく信じないため、むきになっていたとも考えられる。そしてその日の昼休み、おそらくは校外から新聞社に電話するつもりでもあったのだろう、煙草《たばこ》を買いに行くと称して校門から出た吉本は、まさに校門から一歩出たばかりの場所で大型トラックにはねられたのであった。

あとで山脇幸子がそれとなく調べたところでは、それと同時刻、「彼」は級友たちと教室で昼食の弁当を食べていたことがはっきりしたらしい。してみれば吉本がトラックにはねられて死んだことを仮に偶然ではなかったと仮定した場合でも、必ずしもそれが「彼」の意志であったとは決められないのではないか、と七瀬は考えたのだ。今はもう、そこには「彼」以外の意志が働いているとしか七瀬には思えなかった。「彼」を守ろうとする「彼」以外の何者かの意志である。それが誰の意志なのかが、今の七瀬の最も大きな疑問であった。

「彼」を守ろうとするその「意志」が、「彼」の肉体的危機を超自然現象で守ると同時に、「彼」が超自然現象で守られている特殊な存在であることを世間に知られぬよう心を砕いていることは確かだった。七瀬が自分の読心能力をひた隠しにしているのと同じことで、それを世間に知られることは「彼」が以後、まともな社会生活を営めなくなることを意味している。だからこそ事件の関係者の記憶を喪失させたり、噂《うわさ》を社会に拡《ひろ》めるおそれのある目撃者を殺したりしているのだ。殺人を犯している以上、その「意志」は、たとえ邪悪なものではないにせよ、「彼」を守ろうとするあまり、社会常識的な道徳的判断を失った「意志」であるとしか思えなかった。「意志」がそれほどまでにして「彼」を守ろうとするのはなんの為かといえば、これはやはりなかば盲目的な「彼」への深い愛情ゆえと考えるのがいちばん妥当であろう。

「彼」を守ろうとする「意志」が「彼」に直接危害を加えようとしているわけでもない人間を、ただ「彼」が社会生活を営む上で不都合だからというのであっさり殺してしまうといった盲目性は、どちらかといえば女性的であり、母親のものであったが、あいにく「彼」の母親はすでに死んでしまっている。だとすれば残るのは父親の香川頼央だけであった。

「彼」のことを穿鑿《せんさく》している自分に「意志」の危害が及ばないのは、「彼」や頼央がまだ自分のことを知らないからであろうか、と七瀬は考えた。あるいはそれを「意志」が知っていても、自身超能力者である七瀬が「彼」の秘密を世間に対してあばき立てたりする筈がないと思っているのかもしれなかった。だが、もし七瀬の秘密を知っているのだとすればその「意志」は普通の人間から見れば全知全能に近いわけで、七瀬さえ思い及ばぬほどの大きな超能力を持っていることになる。いくらなんでも、神の如《ごと》きそれほどの超能力者が現在どこかに存在しているとは、七瀬にはとても思えなかった。やはり七瀬が「彼」のことを調べていることにまだ気づいていないから、と考えてよさそうであった。

いつかは頼央と接触《コンタクト》しなければならないだろう、と考えている自分に気づき、七瀬ははっとした。いったい自分は何をしているのか。そんな危険なことをして何になるのか。そもそもなぜ「彼」のことを調べ歩いているのか。

動物的な保身本能によって、としか七瀬には自答できなかった。超能力者とて人間である。そして人間には密林の肉食獣同士の如き、たとえば互いの領域《テリトリー》を尊重するといったような習性がない。少しでも危険と思える相手は前もってよく見きわめておかなければ身の破滅につながる。

だが、さしあたっては接触《コンタクト》以前に、香川頼央という人物を調べる方法がいくつかある筈だった。一般的にさほど著名ではないにせよ、中央の画壇で認められているからにはこの手部市でも彼は地方名士として遇されているに違いなかった。「郷土の画家・香川頼央展・十二月二日——八日・手部市文化センター内画廊」という催物案内を地方新聞の片隅に見つけたのは、頼央という人物の調査方法を考えあぐねていたそんなある日の朝であった。強く興味が湧《わ》いた。頼央がどのような絵を描く画家なのか、確かめておくのもひとつの調査であろうと、七瀬は考えた。七日・八日が土曜・日曜になるが、とてもそれまで待ってはいられない。七瀬はウィーク・デーの昼休みに学校を抜け出して文化センターまで行ってみることにした。

個展のことが催物案内に載っていたのは十一月の末であった。二日の月曜日には雪が降った。手部市には珍らしいことであった。正午、雪に馴《な》れている七瀬は傘をささず、コートの衿《えり》を立てただけで高校を出た。

国鉄の駅の近くにある文化センターは、高校の近くからバスに乗ってふた停留所めにある。画廊は閑散としていた。受付で署名を強要されることもなく、七瀬は十数点の絵が陳列されているフロアーに入った。初日のことだからもしかすると頼央が来ているかもしれないと思い、やや緊張していたのだが、それらしい人物は見あたらなかった。ここで個展が催されるのは頼央にとってさほど珍らしいことではないのであろう。

入口の近くの最初の絵を見て七瀬は凝然と立ち尽した。絵にさほど関心のない七瀬にさえ、それがプロフェッショナルな画家の作品とは思えぬ幼稚な絵であることがわかったからであった。彼女は自分の眼を疑った。このような風景画であれば高校生にでも描ける筈だと彼女は思った。自分の絵の稚拙さを指して下手も絵のうちなどと称している老大家がいることも七瀬は知っているが、その作品にはやはり風格があり技法の完成がある。しかし頼央の絵のとり柄といえば子供の絵と同じような無邪気さだけであり、そこにはさほどの技も品格も見られず、新鮮さもなく、七瀬になんの芸術的感動もあたえてはくれなかった。画面右下に描かれたＲＡＩＯというサインはやや大き過ぎたし、書体もぼってりと太く、泥臭ささえ感じられた。

意外さと失望から目まいに似たものを感じて立ちすくんでいた七瀬は、一瞬はっと気をとりなおし、いそいで他の絵を見渡した。いずれも似たような古めかしい色彩感覚の、子供っぽい絵ばかりであった。これは何ごとだろう、と七瀬はこの世ならぬ思いに打たれながらあわただしく考えをめぐらせた。なぜこのような絵を描く画家が、画壇で認められ、一流の美術団体に属しているのだろう。なぜそのようなことが可能だったのか。それともあるいはこれらの絵には自分のような素人《しろうと》にはわからぬ良さがあるのだろうか。最近ではこのような絵が何らかの芸術的思潮のもとに画壇で流行しているのだろうか。

頼央の絵を稚拙であると感じているのが自分だけでないことを、すぐに七瀬は知った。七瀬が入ってきた時すでに画廊にいたもうひとりの客は、美術に強い関心を抱き、七瀬よりも多くの知識を持っている青年だった。職業は、難しい言語表象による論理的な思考パターンから、大学院生、あるいは大学の助手であろうかと推察できた。彼はこの幼稚な絵がそれほどまでに自分を感動させる理由はいったい何かと、不思議に思い、とまどい、考えこんでいた。感動の理由を見つけ出そうとして躍起になっている彼の救いを求めるような眼が一度だけ自分の方へ向けられたことを七瀬は感じたが、その時ちょうど彼の方へ背中を向けていたので、彼もそれ以上は七瀬に興味を抱かず、ただ、こんな若い女から解答が得られる筈はないと考えただけでふたたび自分の思考の中へ沈み込んでいった。

　この頼央の絵から感動を受ける人間もいること、しかも、程度の高い鑑賞眼を持つ人間さえ感動させる力をこれらの絵が持っていることに七瀬は驚いた。青年の感動の性質を見きわめようとしたが、青年自身にさえ理解できぬ彼の感動の異様さが、正確に七瀬の心へ伝わってくる筈がなかった。ただ、その感動がたいへん原初的なものでありながらも、芸術的昂奮《こうふん》の範疇《はんちゅう》に属するものであることだけは確かであった。してみるとユングのいう普遍的無意識に訴えるような感動なのだろうかという思いつきを、すぐ、自分にその感動が及んでいないことを思い出して七瀬は否定した。

青年が出て行くと画廊の客は七瀬ひとりになった。受付の机のうしろに腰かけてぼんやりしている文化センターの職員らしい女性から過度の注意を惹《ひ》かぬよう気をつけ、七瀬はそっと部屋の中央のオスマン・スツールに腰をおろし、灰皿立てがあるのを確かめて煙草を出した。他の客が来るのを待ち、彼らの反応を見ようとしたのである。

七瀬がロング・サイズの煙草を一本喫《す》う間に五人の客があった。いずれも昼休みの時間潰《つぶ》しにやってきた駅周辺の会社の男女社員たちであった。彼らの反応は共通していて、絵が稚拙であることと、そんな絵から受けるにしては大きすぎる感動との矛盾にとまどい、不思議がりながら出て行くのだったが、それらはさっきの青年ほどの大きなとまどいではなかった。よくはわからないが現代芸術にはきっとこういう変なこともあるのだろうと、そのようなことを自分たちに言い聞かせていたからでもあったろう。

昼休みの時間が終りに近づいていた。七瀬はいそいで立ちあがった。突然の動きのためか、入口に近づく時、受付の女性が七瀬の方を見た。

自分が今どんな表情をしているか、その時自分と対面している相手の視覚像から七瀬は知ることができる。七瀬は自分が今、あきらかに内心そのままの不思議そうな表情をしていて、その表情ゆえに受付の女性から軽蔑《けいべつ》されてしまったことを悟り、不審に思い、受付の前を通り過ぎながらいそいで彼女の心を覗《のぞ》きこんだ。

(この人も)(わからなかったんだ)(下手な絵だと思っている)(この人にも)(この絵のよさがわからなかったんだ)

受付の女性は、彼女が今までまったく理解もできず興味も持てなかった絵画の中に、自分も感動し得るものがあったことを今日の朝以来頼央の絵によってはじめて知り、有頂天になり、今や大きな誇りと優越感に満ちあふれていたのだった。ほとんどの客が自分のようには頼央の絵を理解できず、単に下手くそな絵だとしか思わぬに違いないと決めこんでいて、なぜこんな絵がと不思議がりながら帰っていく客ひとりひとりを軽蔑することに熱中していた。

自分以外のほとんどの人間が頼央の絵から強い感銘を受けているらしいことがほぼ確実に思えたので、七瀬は沼へ沈んで行くような深い疑惑にとらわれた。頼央の絵を見たすべての人間が受けるあの原初的な感動がなぜ自分だけに齎《もたら》されないのか。もしそれが普遍的無意識に働きかけるようなものであるとすれば、自分の無意識層には他の人間と共感し得ぬ類《たぐい》の何らかの欠陥があるのではないか。なるほど精神感応能力者《テレパス》である自分には、他の人間たちほどは、たとえば元型的イメージを太古的《アルカイック》で神秘的なものと結びつけて不合理な怖《おそ》れかたをしたり感動したりすることは少ないかもしれない。だが自分とて人間である。他の人間と比べ、普遍的無意識や原始心性の中に個体的な差異がそれほどあるとは思えない。たとえ自分が感動できなくても、彼らの感動を理解することぐらいはできる筈《はず》だ。それがまったく理解できないとすると、いったい彼らのあの感動は何によるものだろう。もしかするとにせものの感動では。

そこまで考えて七瀬は立ちすくんだ。バス停留所の数メートル手前であった。車道を、七瀬の乗るべきバスがこちらへやってきた。しかし、足が動かなかった。そのにせものの感動を作り出し、絵を鑑賞する人間すべての心にそれを強制しているのも「意志」の仕業ではないかという途方もない考えが浮かび、恐ろしさに足がすくんでいたのだ。そんなことが可能であろうか。それが超能力によるものであるとすればそれは如何《いか》なる種類の超能力か。遠隔催眠と集団催眠の効果を絵の中に封じ、半永久的に発散させ続けるといったことが、いったいどうして可能なのか。人間業ではない。

それが「意志」の仕業であるとすれば、その「意志」はやはり絵の作者である香川頼央の意志であると考えるのがいちばん妥当であった。頼央のひとり息子である「彼」香川智広を守り、頼央の絵を見る者ににせものの感動をあたえている「意志」が頼央以外の誰の意志でもないことは確かなように七瀬には思えた。それにしても、もしそうだとしてなぜその「意志」の力は自分にだけ及ばないのだろうかと思い、七瀬はなんとなく自分が「意志」から特別扱いされているような気がしてならなかった。

「あっ。待ってください」七瀬はそう叫んで走り出し、バスにとび乗った。考えながら歩いたので停留所までくるのに時間がかかったらしく、腕時計を見るともうとっくに一時を過ぎていた。

その日、学校からの帰り途《みち》、七瀬は書店に立寄り、美術年鑑を調べてみた。香川頼央の名は現代洋画家が新作一号当りの評価額順に列記されている数ページめに載っていた。しかし記事から得るところは少なかった。頼央の絵の評価額は一号十五万円であった。自分の所属する美術団体の常任委員を勤めていて、賞もたくさん受けている。他には生年、現住所が記されているだけである。絵を売買しようとする者だけが参考にする年鑑なのであろう。

美術年鑑を美術関係書ばかりが並んでいる棚のもとの位置へ戻そうとした七瀬は、数冊隔てた場所に「現代洋画家略伝」という美術雑誌の特集号が部厚い書籍の間にはさまれているのを見つけた。雑誌の体裁はしているが特集号なので書籍の棚に置かれていたのだろう。目次には百人ほどの洋画家の名が並んでいて、その中には香川頼央の名もあった。七瀬はそれを買った。

アパートに戻り、あっさりと夕食をすませてから七瀬は雑誌を開いた。何人かの美術評論家が画家数人ずつを分担して書いていて、香川頼央も他の画家同様見開き二ページにその簡単な略歴が紹介されていた。

頼央は県下の銅里という、手部市から五〇キロも奥にある山間の小さな村に生まれている。古くからの地主の家のひとり息子として生まれたため幼少時は裕福に育ち、近くの県立中学を卒業したが、農地改革以後家が急に貧しくなり、父母が相ついで死んだあとは家財を売った収入だけで生活している。絵を志したのは中学在学中からであるが、これといった師はなく、ほとんど独学で描き続けてきたといっていい。

若い頃の頼央は酒ばかり飲み、村人たちからは放蕩者《ほうとうもの》という眼で見られていたらしい。このあたり、ひかえ目に書かれてはいるが相当自堕落な生活を送っていたらしいことが七瀬には想像できた。だがそんな生活も、二十九歳の時、村内の文具店の娘珠子と結婚してからは改まり、画業に打ちこみはじめる。ただしこのころはまだ画壇でもまったく認められていなかったという。何度か入選し、大きな賞を受けるのはさらに十年後、三十九歳の時である。その間、三十二歳で長男智広が生まれ、三十七歳の時、妻珠子を失っている。手部市内に居を移したのは受賞した翌年である。

人物についてはそれだけしか書かれていず、文の大半は各年度の大作とか受賞作とかの作品名や賞の名称が列記されているだけだった。しかも他の画家のページには必ず記されている、筆者である評論家の作品評が、頼央の記事中にはほとんど見あたらなかった。わずかに「古拙な味わいのある画風をそのまま押し進め」とか「人柄そのままの稚気あるタッチが不思議な感動を」などといった文節が散見できるだけだった。類のない感動にとまどい、その画風を表現する文章に窮している評論家の困りきった表情を想像し、七瀬はくすくす笑った。

冬休みを利用して銅里村へ行ってみよう、と七瀬は思った。頼央の、そして「彼」の秘密が、何かきっと、その山間《やまあい》の小さな村には隠されているに違いなかった。

七瀬が机から顔をあげて窓の外を見ると、雪はますますはげしく降りはじめ、住宅の屋根は白くなりかかっていた。

銅里村へは最短距離にある国鉄の駅に降り立つと、プラットホームも駅舎も、周辺の民家も街道も、ぼってりと厚い雪に覆《おお》い尽されていて、陽光の照り返しが眼に痛かった。街道の中心部はバスが通れる幅に除雪されていたが、車は一台も走っていず、人影もあまりない。駅前のバス停で銅里方面行きの発車時刻を確かめてから、七瀬はいったん、予約しておいた駅前の小さな古い温泉旅館に落ちついた。湯の量がはたしてどれくらいのものやら、あたりにある温泉旅館はいずれも同じように小さく、くすんでいて、たった四軒しかない。

部屋へ茶を運んできた五十過ぎと思える女中は、客扱いに馴れきっているところから見て、あきらかに古くからこの旅館で働いている女であった。彼女の問いに七瀬は、自分が女子大で美学を学ぶ学生であり、論文にするため香川頼央のことを調べに彼の出身地の銅里村へ行くのだという、用意してきた偽りをすらすらと答えた。女中はちょっと眼を輝かせ、次いでにやにや笑った。彼女は頼央を知っていた。銅里村にいた頃の頼央は、よくこの温泉旅館へ遊びに来たらしい。女中の口数は少なかったが、七瀬は彼女の心から、若い頃の頼央がこの近辺でも道楽者という評判を得ていたことを知った。自分だって頼央に言い寄られたこともあるのだが、それを言ってもこの女子大生はおそらく信じまいなどと、女中は考えていた。

銅里村で頼央のことを訊《たず》ねるにはどうすればいいかと聞くと、女中は首を傾《かし》げた。銅里村のことはよく知らないらしく、彼女から得ることのできた知識といえばただ、頼央の近い親戚《しんせき》が銅里村にはひとりもいないらしいことだけであった。頼央の住んでいた屋敷が現在どうなっているかも、彼女は知らなかった。

バスの発車時刻である午後一時より少し早いめに宿を出た七瀬は、駅前の交番で銅里村に巡査派出所があるかどうかを確かめ、駐在所があるということだったのでさらにその場所を訊ねた。銅里村の駐在所にいるその巡査というのが昔のことを知らぬ若い巡査でないことを願いながら、七瀬はバスに乗りこんだ。バスは重苦しく呻《うめ》き、発車した。

バスの乗客は七瀬を含めて四人だった。車掌はいなかった。街道を、バスは鈍重に走った。たまに前方から来る自動車があった時はどちらかが後退し、除雪されている民家の入口の軒下へ車の後部を入れ、やりすごすのであった。平野部を出はずれるまでの間乗客は、いくつかのバス停で一人降り、二人乗り、また一人降りといった具合であり、その数はいつもさほど変らなかった。

山道にさしかかるともうバス停はなかった。谷川に沿った崖道《がけみち》をバスはさらにのろのろと走った。「銅里」に着いたのは二時二十分であった。

降りたのは七瀬一人だった。そこは村の中心部らしく、民家を改築した郵便局や七、八軒の商店が向きあって並んでいた。ガラス戸越しに、男の郵便局員が窓口の彼方《かなた》でのびあがり、七瀬をじろじろ観察しているのが見えた。帰りのバスの時刻を確認してから七瀬は、自分の乗ってきたバスが去っていくのを追うように数十メートル歩いた。白一色になった畠《はたけ》の中に散在する農家は、プレハブ住宅であったり茅《かや》葺《ぶ》きであったりした。風がつめたかった。小学校の手前に巡査駐在所があった。奥が住居になっているようだった。誰もいず、七瀬はうすく埃《ほこり》をかぶった電話一台きりしか載っていない粗末な机の横の小さな椅子《いす》に腰を掛けた。小学校からはかすかに歌声が聞こえてくる。

二十分ほどして、駐在所の巡査が自転車で帰ってきた。その警官の若さを見て七瀬は失望した。警官の方では七瀬を見て、なぜか一瞬雪女を連想し、ぎくりとしていた。黒いジャンパーに黒いスラックスという地味な恰好《かっこう》をした二十三歳の自分が女子大生に見えるかどうかを心配しながら七瀬は彼に、例の用意してきたいつわりの身分と村へやってきた意図を話した。さいわい、彼はそれをすぐ信用した。ただし彼の持っている知識はほとんど七瀬の役に立たないようなものばかりだった。九カ月前この村へ赴任してきたばかりのこの若い警官は、香川なんとかという偉い画家がこの村の出身であることは村人の誰かから聞かされて知っていたが、それがどれほど偉い画家なのかも知らず、そもそも現代の日本の画家の名前などほとんど知らない有様だった。

彼は女子大生というこの辺では滅多に見かけない人種の到来にそわそわし、七瀬の美貌《びぼう》にどぎまぎし、奥へ湯を沸かしに入ったり、茶を淹《い》れる用意をしたりしながら、その間も俯向《うつむ》き加減に話す七瀬の顔をしきりに覗きこもうとした。彼は自分がいずれ結婚しようとしている娘と七瀬を、比較しようとしていた。

「そうだなあ。その頃のことは、誰が知っているかなあ」

茶を淹れながら、警官は自分が何も知らないことを恥かしく思い、七瀬が喜びそうなことを何か思い出そうとしてしきりに記憶をまさぐっていた。村びとの誰かれの顔が彼の心のディスプレイ・スクリーンに浮かびあがっては消えたが、その中の誰が頼央のことを最もよく知っているのか、彼には思いつかなかった。

「じゃ、お屋敷は今、どうなっているのでしょうか。今もまだあって、誰かが住んでいるのでしょうか。それとももう壊れてしまって」

「それも知らんなあ」口惜《くや》しそうに警官はいった。

尋問には馴《な》れているが質問攻めには馴れていないのだ、と心の中で自己弁護していた。「村で屋敷といえるほどの大きな農家といったら、茅葺きの家が十一軒あって、これがみんな大きい。まあ、昔の農家はみんな大きいけどね」

七瀬は微笑した。彼は駐在所内の現在の自分の住居を基準にして家の大小を語っているのだ。

「あのう、それなら」七瀬は彼の想起閾下《そうきいき》にあるものを触発しようとした。「あなたの前任のお巡りさんは」

「それを忘れていた」彼は躍りあがるような恰好をして見せた。「前任者は駄目だよ。あの人は遠くへ転任したし、ここでの任期は四年足らずだった。でもその前の人は警官をやめてから農協の守衛になっている。農協の隣りの家に奥さんと住んでいるよ。任期も長かったそうだし、あの人なら何か知っている」彼はくすくす笑った。どぎまぎしていたためにそんなことを思い出せなかった自分がおかしく、七瀬の役に立てそうなことが嬉《うれ》しかったのだ。「なぜ思い出さなかったんだろうな。つれて行ってあげるよ」

地図を書いてくれるだけでいいと遠慮する七瀬に、ちょっとわかりにくい場所だからと彼は言い、さっさと駐在所を出、先に立って歩きはじめた。週刊誌などには女子大生の悪い評判しか書かれていないが、インテリであることを鼻にかけない、なかなかおとなしそうないい娘ではないか。彼はそんなことを考えていた。いやいや。わざとおとなしい振りをしているのかもしれんぞ。これだけ美人なら恋人もいるだろうし、すでに処女ではなかろう。どっちみちこんなところへひとりで来るなど、度胸があることには間違いないから、すでに男を知っているのだろう。それどころかきっと危険な娘に違いない。若い警官はそんなことを考えた末、自分の婚約者の方が結婚相手としては、不美人ではあるがずっと家庭的であるという独断を下し、自分を納得させていた。それでも七瀬と並んで歩けることは嬉しく、自分の役得を羨《うらや》ましがるべき村の連中が雪のためあまり外へ出ていないことを残念がっていた。

バス停まで戻ってくると、若い警官と七瀬がやってくるのを眼ざとく見つけたさっきの郵便局員が、外へ出てきて二人を待ち構えていた。

「やあ。お客さんかい」二十歳をいくつも出ていないと思える若い郵便局員は、野卑な笑いかたで警官にうなずきかけた。

「うん」

警官はことさら局員に七瀬のことを説明しようとせず、じっと佇《たたず》む彼の前を通り過ぎた。彼を嫌っているからでもあり、気を持たせるためでもあった。その若い郵便局員を嫌っているのがこの警官だけではないらしいことを七瀬は悟った。警官が七瀬を自分に紹介しなかったことで局員は腹を立て、聞こえよがしに軽く舌打ちした。ひどくひねくれた性格の持ち主であった。しばらく歩いてから七瀬がそっと振り返ると、それまで二人を見送っていた局員が、あきらめて局舎へ入ろうとしていた。彼はひどい跛《びっこ》だった。

街道に面して雑貨店があり、雑貨店の横の道を入ると裏が農業協同組合だった。少しも「ちょっとわかりにくい場所」などではなかった。警官は照れかくしのように、この時間なら家にいる筈《はず》だなどと言いながら組合の建物と棟続きになっている小さな家屋のガラス戸を開いた。表札には「木下清次郎」と書かれていた。

木下という前駐在、現農協守衛は、おそらく歳《とし》よりも若く見えるのだろう、六十歳にはまだ間があると思える頑丈な男だった。どんぐり眼で猪首《いくび》だったが、笑うと善良さが表情にあふれた。庭で畠仕事をしていたままの手であらわれ、後輩に七瀬を紹介され、七瀬の目的が自分から昔話を聞くことにあると知ると相好を崩し、大声で妻を呼び、上り框《かまち》へ座布団《ざぶとん》を持って来させ、茶を淹れるよう命じてから手を洗いにまた奥へ入った。木下の妻は夫と対照的に痩《や》せていて小柄で、老婆《ろうば》といっていいほど老《ふ》けて見えた。若い警官は自分で役に立つことがあればいつでも駐在所へ来てくれと言い残し、帰っていった。

「頼央さんか。いやあ、有名な絵描きさんになってしまった人の悪口は言いたくないが、あの人には手を焼いた」玄関の間にあぐらをかき、太い指で煙草《たばこ》をつまみながら木下は昔を懐《なつ》かしむように眼を細めた。だが、細い眼の間からは七瀬の正体を見きわめようとする光が洩《も》れていた。女子大生だという七瀬の身分に彼は半信半疑であった。(落ちつきすぎている)(世間を知っている)(しかしマスコミ関係者でもない)(まあ芸術家のことだから若い時代の素行の乱れぐらい喋《しゃべ》ってもかまわんだろうが)(芸術家の私生活は乱れているものと決っているようなものだし)

「大変なお酒飲みだったそうですね」七瀬は相槌《あいづち》を打ちながら、女子大生らしく見えるようルーズリーフを開いた。「そのことはもう、ご本人がそうおっしゃったらしくて、あちこちに書かれてますから」

「そうですかい」木下は少し喋りやすくなった様子だった。すでに七瀬のことを、女子大生と考える以外にない、と結論づけていた。

「まあ、絵描きさんになるような人には変った人が多いから、こんな村ではよけい目立ったのだろうね。写生などしている時はおとなしいいい人だが、酒が入るとよくあばれた。酔い潰《つぶ》れて道ばたで寝ているのを何度家まで運んだか知れん」

「あのう、お屋敷はどこに」

「昔の家かい。あの屋敷は組合が買いあげて、だいぶ前から倉庫になってるよ。あの家ならそこの街道からも見える。東の方だ。頼央さんが結婚する時に手ばなしたんだ。その金で屋敷の敷地内に小さな文化住宅を建てた。そこも、今では別の人が住んでいるが。そうだ、それからこりゃまあひとつ言っておかなきゃならん。あのね、頼央さんが酒びたりだったのはご両親がなくなってから奥さんと結婚するまでの間のことでね、結婚してからは、特に男の子が生まれてからは嘘《うそ》みたいにおとなしくなっちまってね。そりゃもう、まるで人が変ったみたいだったね。ありゃあ、奥さんがいい人だったからねえ。どんな男だってあんないい奥さんを持ったら、そりゃあおとなしくなるだろうよ」細おもてで色の白い若い女の顔を彼はほのかに思い出し、眼を細くした。

「あの、奥さんはどんなかただったのでしょう。同じ村の人だったというようにうかがっていますけど」

「あんた、今そこの道を入ってくる時に雑貨屋があったろ。あれが以前文房具屋でね。珠子さんはあそこの娘さんだった。お父さんはだいぶ以前に死んで、お母さんと二人でながらく店をやっていた。わしも詳しくは知らんが、もともとは両親ともこの辺の人ではなくて、村に小学校ができた終戦後何年めかに、東京の方からやってきた人たちだったらしい。ところがそのお母さんの方も珠子さんが二十二、三歳の時に死んでしまった。何しろ美人で気だてのやさしい娘さんなもので、お母さんの生きていなさる頃から嫁に来ないかという話はだいぶたくさんあったらしい。そこへお母さんがなくなって身寄りがないということになったもんだから、村中の独身の若い男ほとんどが、わしの家へこい、わしの嫁になれと。なあ。そうだったな」木下は茶を持ってきた老妻に証言を求めた。「お前の方が詳しいんじゃないのかい。あの時はたいへんな騒ぎだったんだろ」話好きの老妻にも一緒に昔話を語らせてやろうという、木下のやさしさであった。

「はあはあ。そりゃもう」当時のユーモラスな騒ぎの情景を次つぎと思い浮かべながら彼女は言った。「でもそれより、あの人が頼央さんと結婚することに心を決めなさった時の騒ぎの方が大変でしたよ。若い男の人に限らず、いろんなひとが、あの男だけはやめるようにと珠子さんに忠告を」

「そうじゃあ。わしもそれをいろんなひとから頼まれてなあ。何度か珠子さんに忠告した。しかしあの人はにこにこ笑っているだけだったな。すっかり決心した様子だったよ。あの人がいったいあの頃のあの頼央さんのどこに惹《ひ》かれたのか、わしには今だにわからんよ」木下は腕組みをした。

「珠子さんが独りでいなさったので、頼央さんが夜這《よば》いをかけてたらしこんだのではないかとか、だいぶいろんな噂《うわさ》がとびましたよ」木下の妻がくすくす笑いながら言った。「でもまあ、そんなことはありますまい。あの人は見かけによらず、それはしっかりした人でした。きっと頼央さんの才能を見抜いていたんでしょ」

「そうかなあ」

いつの間にか木下と妻の会話になってしまっていた。二人はしばらく考えこみ、その頃のさまざまな出来ごとをそれぞれ懐かしげに反芻《はんすう》していた。

「そんなにいい人だったのなら」と、やがて七瀬は言った。「亡《な》くなられた時、きっと頼央さんは悲しまれたことでしょうね」

木下と妻は愕然《がくぜん》とした表情になり、顔を見あわせた。七瀬は夫婦の心を覗《のぞ》いて、思わず呻き声をあげそうになった。正確には、頼央の妻珠子は死んだのではなかったのだ。

木下が七瀬に向きなおり、声を低くして訊《たず》ねた。「頼央さんは奥さんのことを、亡くなった、と言っとられるのですか」

内心の動揺を押さえ、七瀬は怪訝《けげん》そうな表情を浮かべて見せた。「いいえ。直接うかがったわけじゃありませんけど、略歴にはそのように」

（喋っていいのか）（どうせこの村の者はみんな知っているが）（喋ったことが頼央に知れると、恨まれるのでは）しばらくためらってから、木下はまた低い声で訊ねた。「あなたは奥さんのことまで、その論文とやらに書くつもりですか」

七瀬はどう答えようかとしばらくためらった。夫婦の想起閾上に浮かびあがったその事件のあらましを観察すると、頼央の妻珠子は、死亡したのではなく失踪《しっそう》し、そのまま行方不明になっているのだ。だが、たとえ死亡であろうと行方不明であろうと、頼央を研究中の女子大生ということになっている自分としては、頼央の画業に影響をあたえた事柄であればすべてを知りたく思うのが当然であろう。しかし、書く、とはっきり答えてしまえば、その事件の詳細を知ることができなくなるかもしれない。

自分は頼央の精神史を研究に来た女子大生なのだ、と、自分に言い聞かせながら七瀬は答えた。「それじゃ奥さんは、お亡くなりになったのではないんですか。あのう、それを論文に書くか書かないかは、わたしとしてはそれがどの程度現在の頼央さんの絵に影響しているかをよく考えてからにするつもりです。教えていただけないでしょうか。いったいどうなさったのでしょう」

「うん」木下はまた腕組みした。

木下の妻が、余計なことを喋るなという合図に木下の膝《ひざ》を小突いた。

(何かあったに違いないと、すでにこの娘は感づいてしまっている) 妻の合図を無視し、木下は考え続けていた。(とすると、おれが喋らなくても村の誰かが喋るだろう) (出たらめを聞かされ、間違った噂が世間に拡《ひろ》まるのもよくない) (しかし、おれが喋ったことを頼央が知ったら気を悪くするのじゃ) ぬっ、と太い首を動かして木下は七瀬の方へ顔をつき出した。「あなたが書いたその論文を、何かの拍子に頼央さんが読む、ということは考えられることですかい」

七瀬は微笑してかぶりを振った。「学校に提出するだけですから、外部の人が読むということはほとんどない筈です。よほど評判になれば別ですが、わたしにはとてもそんな論文は書けないでしょう。それにわたしの先生は、今の日本の画家にはあまり興味を持っていない人ですから」

「そうですかい」木下はあぐらをかき、腕組みしたまま背筋をのばした。「あんたが村の連中から間違ったことを聞かされてそれを信じたりすると、こっちもかえって具合が悪いから、それじゃまあ、お話ししてしまいますがね。あの奥さんはある日突然いなくなった。それっきりです。行方不明だ。どうなったのか、いまだにわからない」

頼央さんに叱《しか》られてもわたしは知りませんからね、と心の中で呟《つぶ》やきながら木下の妻は、立ちあがり奥へ姿を消すことで夫に意思表示をした。

先走って木下の心の中に描かれる事件を読み、彼がまだ喋っていないことを口にしてしまう危険性があった。そういうことにかけて警察官は鋭敏だ。せっかく話そうとしてくれているのだからと思い、七瀬は読心能力を閉ざして掛け金をおろした。

「どういうことなのでしょう」七瀬は木下を見つめた。「奥さんは頼央さんが厭《いや》になって、逃げ出したのですか」

「いや。そうじゃないね」木下は強くかぶりを振った。「あの二人はとても仲が良かった。それに、当時五歳くらいだった智広君という男の子を、奥さんはとても可《か》愛《わい》がっていた。自分の子だから当然のことだがね。たとえ何か厭なことがあったにしろ、あの珠子さんはご主人と子供を残して家庭から逃げ出すというような無責任なことをする人ではなかったよ。こいつは断言してもいい」

きっぱりとそう言い、あの奥さんのことに関し誤解は許さぬという眼で木下は七瀬を睨《にら》みつけた。当時村で、いろいろな憶測がささやかれたに違いなかった。

「では、何か事故にでも」七瀬はさらに訊ねた。「あのう、手がかりはまったくなかったのですか」

「ほとんどなかったね」木下は事件を思い出そうとするように七瀬の背後の宙をうつろな眼で見つめながら喋り出した。「その日、昼過ぎだったそうだが、奥さんは頼央さんと智広君を家に残し、買物に出かけた。村の中で用が足りてしまう買物だ。事実バスには乗っていない。バスの運転手とは顔馴染《なじみ》だし、バスの、この村を通る路線の客のほとんどは、他所《よそ》から来た人でない限り奥さんを知っている。そういった連中すべてが、奥さんは乗ってこなかったと言っている。また奥さんは、村で買物をすませているんだ。ちょうどこのあたりの店四軒でね。だから家へ戻る途中で消えちまったわけだよ。夕方になっても帰ってこないので、頼央さんが智広君と一緒に捜しにやってきた。村の誰に聞いてもさっぱり行方がつかめないので駐在所へもやってきた。とうとう夜になってしまい、それから大騒ぎになった、というわけだ。ほとんど村の者総出で、このあたりから頼央さんの家へ帰る途中の畠《はたけ》や、橋があるのだがその川の下流を捜したり、近くの山の中を捜したりした。だが、手がかりは何ひとつつかめなかった。そりゃもう、誰もが奥さんの姿を見ていないほんの一瞬にぱっと消えた、としか思えない失踪ぶりだった」

「何だったのでしょう。誘拐だった、とはお考えになれませんか」

「うん。当然それも考えた。たとえば帰る途中のどこかの家から出てきたやつに、その家へ引っぱりこまれ、どうにかされたのではないかとか、街道を通る長距離トラックの運転手にでも無理やりつれて行かれたのではないかとか、あの時は誘拐の線をいろいろ考えてあちこち捜査した。本署の刑事さんも来て調べてくれた。しかし村にはそんなことをするほど悪いやつはいなかったし、長距離トラックに拉致《らち》されたのなら誰かが見ている筈だ。街道や近くの村や町、いくら調べても何も出てこず、結局、何もわからなかった。いまだに納得のいかん、変な事件だったね。もっとも村の連中はいろんな憶測をしとったようだ。山を越えてやってきた兇悪《きょうあく》な前科者だか脱獄囚だかに襲われ、殺されて山の中へ埋められているのではないかとかね。むろん脱獄囚だのお尋ね者だのが立ちまわっていれば手配書がきた筈だし、そんな怪しげな他所者がこの辺をうろうろしていればすぐにわかるから、そんな話は問題にはならんよ。そうそう。その頃村へやってきた正体不明の他所者といえば、事件の約一カ月前、ひとりの上品な初老の紳士がバスでやってきて、半日ばかり村の中をぶらついておったことがある。痩《や》せていて背が高くて、黒い服を着て、ステッキがわりなのだろうが蝙蝠傘《こうもりがさ》を一本ぶら下げておった。しかしこの人は、わしの見たところじゃとてもそんな悪いことをする人物には思えなかったね。ありゃあ、立派な紳士だった。村の誰とも口をきかなかったらしいが、あとで村の連中が、あれはきっと昔この村にいた人の子孫で、自分の先祖が住んでいた村を見にやってきた物好きな町の人に違いないなどと噂していたもんだ」

　息をつめて聞いていた七瀬は、木下が語り終えると思わず嘆息を洩らした。「不思議なお話ですわね。でも、頼央さんはお気の毒。きっと悲しまれたでしょうね。どんなご様子でした」

「そりゃあなた、もう半狂乱でしたよ。捜査が打ち切られてからもひとりで山の中を歩きまわったり、近くの村や町を尋ねまわったりね。眼を血走らせて、なりふり構わず奥さんの行方を探し求める姿には鬼気迫るものがあった。気の毒で、わたしはとても見ていられませんでしたよ。可哀想《かわいそう》でね。まったく見ている方でも、ひとりの人間をこんな姿に変えてしまうような、そんな残酷なことがこの世にあっていいのかと思ったほどでした。死体でも見つかればまだあきらめもついたんでしょうがねえ。三カ月経ち、四カ月経《た》ちするうち、頼央さんはひどく怒りっぽくなった。奥さんの失踪に関して無責任な噂をする村人がいることを知るとそいつのところへ血相を変えてとんで行き、口論の末になぐり倒したりした。このわたしだって、捜査の打ち切りを宣言しに行った時には、急にとびつかれてひどく首を絞められた。それまでにも、捜査が手ぬるいといって罵倒《ばとう》されたことは何度もあった。ま、わたしには頼央さんの気持がよくわかるから、怒る気にはなれなかったが、殴られた村人の中にはやはり恨むやつがいてね、特に珠子さんから振られた連中にはもともと頼央さんをよく思えない気持があって、やれ、珠子さんには前から町に好きな男がいてそいつと駈《か》け落ちしたのだとか、貧乏だの頼央さんの横暴だのに耐えきれなくなって家出したのだとか、ことさら頼央さんを傷つけるような根も葉もない噂ばかりするやつもいた。それを聞いて頼央さんはよけいかっかとする。村の若い連中を相手に喧嘩《けんか》して袋叩《ふくろだた》きにされたことも二、三度あったようだね」

「じゃ、そんなことが度重なって、それで村に居づらくなって」

「いやいや。そうではなかったね。そんなことは一年と続かなかった。突然頼央さんは、それはもう、ある日を境にして、といった方がいいくらい急におとなしくなった。そして絵を描くことに熱中しはじめた。奥さんのことをあきらめたのか、あるいは忘れようと決意して絵を描きはじめたのか、そこのところはなんとも言えないが、わたしも村の連中もあの時はほっとしたもんだよ。頼央さんが手部市へ引越したのは、絵でいくつか賞をとって有名になり、金ができたせいもあるだろうが、入学する歳《とし》になった智広君のために、少しでもいい小学校へ入れてやろうとしたからだそうだよ。これは本人がそう言っていた。この辺の子供はどうも腕白で、母親のいない智広君をいじめたりしていたからね」

「彼」のことをもっと訊ねたい衝動に駆られたが、読心能力の掛け金をはずして木下の心に注意を向けてみると、彼は七瀬が頼央の画業についてまったく質問しないことに疑念を抱いていた。「彼」に関する質問はあきらめざるを得なかった。

「その頃、頼央さんはいつも、どのあたりで写生なさっておいででしたか」

「そりゃもう、あちこちでね。そこの街道から山に向かって描いていたこともある。そうか。今日は雪でまっ白なんだなあ。ふだんなら、頼央さんがこの村にいた時代の絵に描いているのと同じ風景があちこちで見られる筈《はず》だよ」

なぜこんな雪の日に来たんだろうという木下の疑念に気がつき、七瀬はまた遠まわしに弁解しなければならなくなった。「ちょうど冬休みに雪が降ってしまって残念ですわ。ふだんならきっといい景色なんでしょうね。でも、頼央さんの絵には雪景色もありますから」展覧会を見に行っておいてよかった、と、七瀬は思った。

「何か、わたしの話でお役に立つことがありましたかな」太い指でまた紙袋の中から煙草《たばこ》をつまみ出し、木下は訊ねた。まだ、七瀬が頼央の妻のことを論文に書くのかどうかを気にしていた。

「ええ。それはもう」七瀬は強くうなずいた。頼央の妻のことは絶対に書かないなどと言うと、あまりにもしらじらしい見えすいた嘘《うそ》になってしまう。「考えてみますと、頼央さんが賞をとるようないいお仕事をなさるのは、奥さんが失踪された直後からですわ。その事件が頼央さんの才能を開花させる、何かのきっかけになったことは間違いありません。ただ、それを絵にどう結びつけて書くかはもっとよく考えてからにしませんと」

「ふうん」

木下はしぶい顔をした。やっぱり書くのか、と思い、あまり誇張した書きかたをしてもらいたくないものだと願っていた。七瀬にしてみれば、もう聞くべきことは聞いてしまったのだから木下がどう思ったところで問題ではない。

「でも、わたしの読んだ略歴にはどうして奥様がお亡くなりになったように書かれていたのかしら」

「ああ。それはだね、きっと頼央さんが失踪宣告を家庭裁判所に請求したからだよ。この宣告を受けたら死亡したことになるんだ。つまりこいつは関係者がいつまでも不安定な状態に置かれるのを避けるための法律でね。失踪後七年以上経っていれば民法によってこの宣告が受けられる」

頼央にしてみれば妻のことをいちいち他人に説明するわずらわしさを避けるためでもあったろうし、早く忘れたい気持もあったろうし、子供である「彼」にとっても母親が行方不明のままであるというよりは死亡したことになっていた方が精神的な傷は早く癒《い》やされるに違いないと考えたのであろう。

「で、その後頼央さんはこの村へは」

「来ませんな。一度も」木下はそっけなく言った。たとえ自分が帰郷した頼央を直接目撃していなくても、もし帰ってきていればたちまち村中の話題になり、自分の耳にも入っていた筈だと思って彼はそう断言したのだが、それはおそらくその通りなのであろう。

「彼」の幼年時代のことを聞きたいと思ったが、それはこの男に訊ねるわけにはいかない。「奥さんが失踪なさってからは、頼央さんや智広君のお世話をどなたがなさっていたのでしょう」

「柳生《やぎゅう》の婆《ばあ》さんだ。いや、当時はまだそれほど婆さんじゃなかったがね。あの人は家が近くだったから、いちばん頼央さんたちと親しかった。会って話を聞くつもりなら、これからつれて行ってあげようか。地主屋敷の跡の倉庫だとか、頼央さんの住んでいた文化住宅も見とけばいいよ」

木下が立ちあがりかけたので七瀬はあわてた。この男が横にいたのでは聞きたい話も聞けなくなる。

「いいえ。それには及びません」腕時計を見た。四時を過ぎていた。「そろそろ帰りのバスの時間ですから、明日また参ります」

「ああそうかい。そうだね」木下はうなずいた。「そのもひとつ次のバスだと暗くなってしまう。温泉にお泊りかね」

「はい」

「じゃ、明日柳生の婆さんに会いに行けばいい。地図を書いてあげよう」

頼央が住んでいた附近と柳生家への地図を書いてもらい、礼を述べて木下の家を出ようとした時、もと警官が野太い声で七瀬を呼びとめた。「ああ。ちょっと」

七瀬はぎくりとした。木下は七瀬に、いったい頼央の絵のどこがよいのかを訊《たず》ねようと考えていたのだ。七瀬が本当に美学を学ぶ女子大生かどうか確かめようとしているのかと思い、ちょっと緊張したが、そうではなかった。彼も、あの失踪事件以後の頼央の絵から受ける感動が何によるものかわからず、七瀬からその答えを得ようとしていたのだ。

質問に、七瀬は答えた。「言葉ではいいあらわせないんじゃないでしょうか。おそらく、どんな偉い評論家にも」

　おかしなことに、そういうものかと思い、木下はそれで納得した。

　街道へ出ると冬の日は大きく傾いていた。雪が溶けはじめ、道はぬかるんでいた。揺れながらのろのろと、バスが近づいてきていた。

「彼」を守ろうとする「意志」が、父頼央のものではなく、母親の珠子のものだという可能性も出てきた、と、帰りのバスの中で七瀬は考えた。「意志」の仕業からうかがえる盲目的な母性愛のようなものは、もし彼女が死んでいないとすれば、母珠子のものと考えた方が辻褄《つじつま》があうのだ。さらに頼央の絵のことに関しても、彼女が夫の画家としての名声を高めようとして「にせものの感動」を、絵を観《み》る者すべてにあたえているのかもしれない。だが、もしそうだとして、いったい彼女はどこにいるのであろうか。

　温泉はアルカリ性でやや微温《ぬる》く、七瀬は風邪をひきそうになった。明日の予定があるので熱が出ては大変だから、ふだんは飲まない日本酒を少し多く飲み、早いうちに寝た。近くの宿の忘年会らしい騒ぎを遠くに聞きながら七瀬は眠った。

明けがた、夢を見た。その夢には、手部高校野球部員沖の想起表象によるあの木谷という顔色の浅黒い生徒が登場した。なぜ直接会ってもいない人物が夢に出てくるのだろうと七瀬は夢の中で不思議に思った。木谷は宙をとんでいた。やがて、抛《ほう》物体《ぶったい》の落下曲線を描きながら落ちていった。

木谷が落ちたところはプールではなくどこかの村の中を流れる小さな川であった。この川へ落ちたために、この子は足を骨折したのだ、と、七瀬は夢の中でそう思った。しかし、川から跛《びっこ》をひきながら這《は》いあがってきた人物は木谷ではなく、昨日の昼間銅里村で見た郵便局員であった。わかった、と叫んだ時、眼が醒《さ》めた。

なぜ夢の中でわかったと叫んだのか、いったい何がわかったのか、七瀬は起きてしばらくはそれを思い出せなかった。だが夢を反芻《はんすう》するうち、徐徐に、どうやら夢の中で自分が、木谷と郵便局員を同一人物だと推定したらしいことがわかってきた。木谷はプールへ落ちて跛になり、高校をやめた。あの郵便局員も跛である。したがって木谷は、実はあの郵便局員に他ならないのだ、と夢の中の論理が決定したのであろう。だが、現実にそんなことがあり得る筈はなく、顔も違うし、年齢も郵便局員の方が「彼」と同年の木谷よりも四、五歳は年上である。また木谷は、今でも手部市内の桜高校へ通っている筈だ。

朝食を摂《と》りながらそんなことを考え、夢の論理をむきになって否定している自分に気がつき、七瀬はくすくす笑った。足が悪い、という共通点だけで二人の人物を同一化するなど、まさに夢独特の、いかにも夢らしい作業といえた。

その夢のことを笑えなくなったのは、昼少し前、ふたたび銅里村へやってきて、昨日木下に書いてもらった地図をたよりに頼央たちの住んでいた家への道をたどっている途中であった。一面雪に覆《おお》われた畠の中を山麓《さんろく》へと歩き続ける七瀬の前に、今朝がたの夢に見たあの「村の中を流れる小さな川」があらわれたのである。

小高い土手が近づいてくるにつれ七瀬は、あれが木下の話に出てきた、頼央の妻珠子の行方を求めて村人たちが川下を捜したというその川に違いないと、ただそう推測していただけであった。ところが土手をのぼり、橋の上に立った時、欄干に雪がつもってあたりが白一色であることを除けば、その附近の景色が夢で見たものとほとんど変らぬことを知って彼女は凝然と立ちつくした。夢で見た景色に現実感が濃く、しかもまだ一度も見たことのない風景であったことをはっきりと憶《おぼ》えている以上、デジャ・ヴなどといった錯覚でないことは確かだった。雪のため川の水が多く、音を立ててはげしく流れているところも夢とは違っていた。夢の中では川はせせらぎであり、それ故《ゆえ》にこそここへ落ちた、木谷と郵便局員が同一化された夢の中の人物は、たとえ跛をひきながらでも這いあがってくることができたのである。この水嵩《みずかさ》では、落ちたりすればたちまち流されてしまうだろう。とすれば頼央の妻が失踪した時も、この川の水はこのように量が多く、そして勢いよく流れていたのだろうか。

それにしても夢はなぜ七瀬に、まだ七瀬が見てもいない、現実に存在する風景を見せたのか。それも「意志」の仕業なのか。七瀬にはそうとしか思えなかった。この不思議な現象にはそれ以外のどんな理由も考えられなかった。だとすると「意志」の力はついに自分にまで及んできたことになる、と、七瀬は考えた。つまり「意志」は、七瀬の存在とその行動をはっきり意識しはじめているのだ。「彼」に害を及ぼすおそれのある人物や、頼央の絵の観賞者に対すると同様、「意志」は七瀬にもその思考や行動に影響をあたえようと試みはじめているに違いなかった。だが七瀬には、自分よりもはるかに巨大な超能力を持つことが今こそはっきりしたその「意志」が、自分に悪意を抱いているようには思えなかった。なぜなら「意志」が彼女に見せた夢は、まるで七瀬のこれからの行動を示唆《しさ》し、予言し、さらに事件の真相を暗示しようとしているかのようであったからだ。七瀬は頼央一家と自分とを強く結びつけている宿命を感じはじめていた。

木下が「地主屋敷」と呼んだ香川頼央の生家は、銅里村を一望の下に見わたせる山麓の斜面にあり、瓦《かわら》屋根と柱と、周囲の外壁だけが残っていた。開け放された入口から中を覗《のぞ》きこむと、内部の建具はすべて取り払われ、床板や根太板さえもはずされた六十坪ばかりのむき出しの地面に穀類の袋が積みあげられ、農具、農耕機械が雑然と置かれていた。村の者が共同で利用しているのだろう、と七瀬は思った。

結婚後の頼央が住んだという文化住宅は、今は倉庫となった屋敷の、もとは庭であったらしい同じ敷地内のはずれにあり、樹木が密生した山の斜面に背を向けて建っていた。二十坪ほどの小さな平屋で、現在は農夫が住んでいるらしく、軒下や縁先の農具だの筵《むしろ》だのが、頼央のアトリエであったと思える大きなガラス窓の洋室には不似合いだった。玄関の横には小さな三輪車があった。

「柳生の婆さん」と木下が呼んでいた女性の住む家は、そこから百メートルばかり隔たった、やはり山の斜面にある古い農家だった。自分のことや来意をどう説明したものかと考えあぐねていたのだが、七瀬を見るなり柳生家の嫁らしい三十歳前後の肥《ふと》った女が笑いながら愛想よく言った。

「やっと見えましたね。お婆ちゃん、さっきからあなたをお待ちかねなんですよ」

小さな村内に噂《うわさ》が拡《ひろ》がる速度は驚くべきものだった。木下や木下の妻や、あの若い巡査がふれまわったにきまっている。いささかあきれ顔の七瀬を、彼女は奥の間へ案内した。うす暗い六畳間の掘り炬燵《ごたつ》には、六十過ぎの品のいい老婆《ろうば》が背を丸めていた。

「頼央さんのことをお調べだそうで」七瀬が向きあって坐《すわ》った時、この善良な老婆の胸にははや昔の思い出が次から次へと蘇《よみがえ》りはじめていて、今にもその懐《なつ》かしさに泣き出さんばかりの状態だった。「頼央さんも偉い絵描きさんにおなりですなあ。智広さんも、立派に成長なさっていることでしょうな。これで珠子さんさえおられたら、頼央さんも智広さんもおしあわせでしょうになあ」

老婆は自分が本当の子供のように可愛《かわい》がって面倒を見た「彼」を無性に恋しがり、ひと眼でいいから会いたいと涙を流した。七瀬は「彼」の成長した様子を彼女に話してやりたい誘惑に駆られた。しかし七瀬は今この村では、「彼」の高校の教務課職員ではないのだ。

昔のことを彼女は、順を追って話しはじめた。話しかたはしっかりしていて、そこには老婆の回想にありがちなとりとめのなさが微塵《みじん》もなかった。頼央と彼女は、彼女が柳生家へ嫁に来た時からの知りあいであった。香川家と柳生家のつきあいはさらに昔にさかのぼるのであろう。

「頼央さんは子供の頃からきかん気のかたでしてのう。村の者は悪く言っておったが、でもわたしとはとても仲が良くて。この家へもよく遊びに見えたが、そんな時はいつも、とてもおとなしくてのう。小学校でも中学校でも、勉強はそれはもうよくお出来になったそうで。あのかたがお酒を飲みはじめたのは、なんでも絵の専門学校へ行かせて貰《もら》えなかったからだそうで、それからだということですが、わたしはその辺のことはよく存じません。でも絵はずっと描いておられましたよ。はい。わたしには絵のことはわかりませんが、村の口の悪い者が頼央の絵は下手じゃ、あれは下手糞《へたくそ》じゃと、ずいぶん悪い評判をいたしておりましてなあ。そんなことからもよく村の若い人と喧嘩《けんか》しておられたようです」

頼央が自分の絵に対する村びとたちの評価を憤《いきどお》ったのはすべて、彼自身が絵の未熟さに焦《あせ》りと苛立《いらだ》ちを覚えていたからではなかったか、と、そう判断できるようないくつかのエピソードを老婆は物語った。

話が頼央の妻のことに移ると彼女はまた涙を流した。「ほんとにどうなさったのでしょうなあ。お気の毒なことでした。あの時は頼央さんが半狂乱になりなさって毎日のように奥さんを捜しに出歩かれて、智広さんはわたしに預けっぱなしでした。お母さんはどこにいるの、どこへ行ったのと、そう智広さんに訊《き》かれるたび、わたしは辛《つら》くての。お可哀《かわい》そうでの。抱きあって泣いたこともありましたよ。珠子さんはそれはもう、ほんとにいいかたでしたよ。利口での。やさしくての。それに、お美しくてなあ。あんないい奥さんでしたもの、頼央さんがあれほど捜しまわられたのもあたり前だったかもしれませんねえ。それにしても、ほんとにどうなさったのでしょうかなあ」

話が始まってから約一時間後、やっと「彼」に関する話題になり、七瀬は緊張した。話し続ける老婆の想起《そうき》闕《いき》に注意を向け、どのような断片も見逃すまいとした。

老婆は自分が次つぎと思い浮かべるイメージを舐《な》めるように大切にし、ことばを慎重に選んで物語り続けていた。したがって、七瀬にとってその回想はまるで絵物語を読むようなわかりやすさであった。

「智広さんはほんとに可愛らしいお子でしての。お父さんの小さい時とはあべこべで、おとなしい、やさしいお子でしたが、あれはやっぱりお母さんに似なさったのでしょうなあ。はい。珠子さんがおられた頃から、ご家族とは親戚《しんせき》のようなおつきあいをさせて頂いておりましたので、その頃から智広さんは、うちでよく預らせて貰いましたよ。珠子さんの行方がわからぬようになりましてからは、頼央さんがまた村の者と誰かれなしに喧嘩なさるようになりまして、そのために智広さんまで村の悪たれどもから、母なし子じゃというのでいじめられるようにおなりになってなあ。ほんとに田舎の子供などというものは」

村の子供たちからいじめられ、泣かされている幼年時代の「彼」を、彼女自身がかばっているいくつかの情景は老婆のはっきりした想起表象として浮かびあがり、そうした事件のひとつひとつの顚末《てんまつ》を彼女は丹念に物語った。七瀬はその頃の「彼」がまだ「意志」から守られている存在ではなかったらしいことを知った。では「意志」が「彼」を加害者たちからかばいはじめたのは、いったいいつ頃からなのか。

七瀬の内心の疑問をあべこべに読みとったかの如《ごと》く、老婆は語りはじめた。「ところがあなた、不思議なこともあるものですのう。そんなことがしばらく続いたあと、急に村の悪たれども、智広さんをいじめぬようになりましてなあ。また、仲良くするというのでもなく、なんとなく恐れるようになりましてのう。なんでも子供の間では、智広さんには神通力があるなどと、おかしな噂をしとったそうです。大人たちの話では、村一番の悪たれが智広さんに喧嘩をもちかけて負けたのがそういう噂のきっかけということでしたが、この話はわたしは信じませんよ。はい。まったく信じられません。智広さんのことを誰よりもいちばんよく知っているわたしには、あのおとなしい、やさしい智広さんが、いくらいじめられようが、泣かされようが喧嘩を買いなさるなどとはとても思えませんからの。それにその頃の村一番の悪たれというのは、たしか、智広さんより五つも六つも歳《とし》が上の餓鬼大将でしてなあ。そんな子供と喧嘩して勝つなどという、そんなあなた、智広さんはそんな乱暴なお子ではありませんでしたからのう」

話している間、老婆の想起閾上にはずっと、八、九歳と思える腕白そうな子供の顔が浮かんでいた。

七瀬は息をのんで老婆の話を聞き、その意識を追うことに注意を集中させていた。老婆自身が「彼」の神通力なるものがあらわれた現場を目撃したことは一度もなかったらしい。だが七瀬には、もっと聞き出せば必ず彼女は何かを思い出すに違いないという確信があった。

「事実は、どういうことだったとお考えになりますか」七瀬はそう訊ねた。「喧嘩のことですが」

「その餓鬼大将の父親というのが、頼央さんと喧嘩したことのある人でなあ。自分の息子が怪我《けが》をしたので腹を立てて、智広さんに怪我をさせられた、などと言いふらしたのでしょうかなあ。いえ。わたしだけではなく、大人たちはみんな、そんな話は嘘《うそ》じゃと言って問題にはしておりませんでしたよ。ですからその子が怪我をしたことで智広さんを責めようなどとは、誰もいたしませんでした。それでは本当はどうだったのかといいますと、わたしはよく知らんのです。その喧嘩のことは」

「でも、そういうことは他にもあったのでしょう」七瀬は躍起になり、老婆の記憶から何かをひきずり出そうとした。「神通力とかで喧嘩に勝った、というようなことが」

「はいはい。嘘か本当かは知りませんがの、他にもうひとつだけ聞きましたよ。智広さんに石を投げたら、その石は必ず投げた者のところへあと戻りしてきて、その者の頭にあたるとかいう、子供たちがしておった馬鹿《ばか》ばかしい噂をな」

「意志」の力に違いない、と、七瀬は思った。

老婆は笑った。「それはきっと、別の子の投げた石がたまたまとんできてあたったのを、子供心にそう思いこんだのでしょうかのう。自分たちのしている悪いことを恥じる気持が、そんな噂を拡げたのかもしれません」

「それは、いつ頃のことでしょう」と、七瀬は訊《たず》ねた。妻の失踪《しっそう》後、しばらく半狂乱だった頼央が急におとなしくなった時期と一致するのではないかと思えたからだった。「つまり、珠子さんが行方不明になられてから、どれくらい経《た》った頃でしょうか」

「よく憶えておりますよ。一年経ってからです。なぜ憶えているかといいますとね、ちょうどその頃から、頼央さんの絵を下手じゃと言いふらす者が、まったく、村全体中しあわせたみたいに、ぴったり、ひとりも居らぬようになってしまったからでしての。その少し前から頼央さんが、一時おやめになっていた絵を、また描き出されておりましたので、できるだけそっとしておいてあげようという村の者の気持もあったでしょうし、悪口を言ってまたあばれ出されてはえらいことじゃと思ったからかもしれません。しかし、絵のわからぬわたしでさえ、その頃の頼央さんの絵を見て、どこがどう上達なされたかはわかりませんが、ほんとに胸がじいんとするような、良い絵をお描きになっているように思えましたよ。まるで奥さんを想《おも》われるお気持が絵の上にあふれ出ているみたいでございましての。百姓とはいえ、村の者にもそれがわかったのかもしれませんのう。それにまた、そのあかしのように、それから一年して、そうした絵でいろいろと大きな賞をお取りになっていますしなあ」

では「意志」が力を揮《ふる》いはじめたのはその頃からだったのだ、と、七瀬は結論した。そしてさらに、「意志」が頼央と「彼」の双方の上に時を同じくして力を揮いはじめたように見える以上、それは頼央の意志ではなく、失踪した妻、珠子の意志である可能性がより大きいようにも考えられた。それにしても、と、七瀬はまた昨日と同じ疑問につきあたるのだ。もしそうであれば、失踪した頼央の妻珠子は、いったい、今、どこにいるのか。

柳生家でひきとめられたため、バス停にまで戻ってきたのは、昨日木下家を辞したのとさほど変らぬ時間だった。あたりにはぴらぴらした薄い雪片が舞いはじめていた。

バス停に佇《たたず》みながら七瀬はまた郵便局の中からの強い視線を感じていた。郵便局員の意識の流れが途切れとぎれに感じ取れた。彼は七瀬に話しかけようかどうしようかとためらっていた。

（一緒にバスに乗って）（町まで）（口説いて）（温泉で）（案外簡単に）

彼が何を考えているかは明らかだった。早くバスが来ればいいのに、と、七瀬は思った。

局舎の中で電話が鳴り、あの局員が受話器をとった。七瀬は溜息《ためいき》をついた。局員は七瀬に話しかけてくる口実を得たのだ。

「ああそう。わかったよ」浮きうきした調子で電話に答え、受話器を置くと、窓口の席を立ち、彼はすぐさま局舎の入口の方へ歩き出した。

ガラス戸を開ける音に、さも驚いたというふりを装《よそお》って七瀬は振り返り、出てきた局員をじっと見つめた。そうしていれば彼がそれ以上自分に近づいてこないだろうと思ったからであった。

案の定、局員は入口を出たところで立ち止った。彼は七瀬に、まだ自分が跛《びっこ》であることを知られてはいないと思っていた。歪《ゆが》んだ作り笑いを浮かべ、彼は言った。

「バスは少し遅れるそうだよ」

七瀬は故意に微笑を返さず、軽く頭を下げた。「ありがとう」

彼はここを先途と七瀬を観察し、彼女を裸にした。その空想は貧しかった。彼は老婆といっていい歳の温泉芸者と二、三回の性交渉を体験しているに過ぎなかった。けんめいに自分の性知識を動員して七瀬の全身から性的なものをひきずり出そうと努力しつつ、うわの空で彼は訊ねた。「頼央さんのことを調べに来たんだって」

彼を見つめたままで七瀬は答えた。「ええ」

七瀬の美貌《びぼう》に気圧《けお》されながらも、勇敢になろうとし、彼は性的に無軌道な女子大生たちを描いた週刊誌記事を七瀬にあてはめ、誰とでも寝る娘に違いないとなかば決めこんでいた。「頼央さんは、絵が上手だよねえ」

だらだらと話をひきのばし、機会を見つけて寝る話へ持ちこもうとしている彼の意図は、たとえ七瀬にテレパシイがなくても見え透いていた。そしていざその話になりさえすれば、どこまでも図うずうしく、執念深くなれる男であった。

衝撃をあたえ、彼のたくらみを脇道《わきみち》へそらせ、その攻撃から身をかわそうとして七瀬は言った。「いいえ。頼央さんの絵はへたくそです」

郵便局員は眼を見ひらいた。あきらかに彼はそのような断定的な言いかたに馴《な》れていなかったのだ。では、その絵の下手糞な頼央のことをなぜ調べているのか、という彼の反論をきっかけに、美術に関した知的な会話が始まることを彼は恐れた。不得手だし、寝る話から遠ざかってしまう。

「ほう。はっきり言うんだねえ」

ぼんやりとそう言った彼の心から七瀬は目ざとく、頼央への反感らしいものを読みとっていた。以前頼央の絵から受けた感銘を一時忘れ、そういえばたしかにそうだ、などと思っていたからだ。

「頼央さんをご存知」

そう訊ねてから七瀬は、はっとした。この男がもとからこの村の住民であったとして、頼央を直接知っていたとすれば、それはこの男がまだ子供の時なのだ。突然、柳生《やぎゅう》家の老婆《ろうば》が思い浮かべていた「村一番の悪たれ」、あの八、九歳と思える腕白そうな子供の顔が、目の前にいる局員の顔と重なりあった。この男だったのだ、と、七瀬は思った。幼年期の「彼」をいじめたというのはこの男なのだ。してみればこの男が知っているのは頼央ではなくむしろ「彼」であり、反感も頼央へのものではなく「彼」に対するものだったのだ。黒い精液のようにどろり、どろりと噴出してくる彼の憎悪《ぞうお》を見て七瀬はそれを確信した。

「ん。まあね」と、あいまいに答えながら、今や男は七瀬へのたくらみを忘れていた。（あいつ）（智広のやつ）（おれを）（おれを）（片輪にした）（おれの足を）（跛にした）

今だ、と七瀬は思った。詳細を知らねばならなかった。かぶせるように、七瀬は質問した。「智広君を知っていますか。頼央さんの息子さんよ」

柳生家の老婆が「怪我をした」と言っていたのは、じつはこの男の足のことだったのだ。実際は「怪我」といったようななまやさしいものではなく、一生不具者としての負い目を背負わなければならぬ手ひどい報復を受けていたのだ。恨みが彼の中でその意識いっぱいにどす黝《ぐろ》く拡《ひろ》がった。七瀬を強く睨《にら》みつけながら彼はものも言えないでいた。屈辱感で何十度か、何百度かはげしく身顫《みぶる》いしたあの時の記憶が今また彼の脳裡《のうり》を駈《か》けめぐりはじめていた。沖や山脇幸子にも見られた「彼」への畏怖《いふ》の感情が憎しみの爆発を辛うじて抑圧していたため、その屈辱感はさらに深かった。

(誰も信じなかった)(おれが勝手に怪我をしたと思っている)(あいつにやられたのだ)(智広にやられたのだ)(あいつの悪魔の力で)(あいつは悪魔だ)(だが)(誰も信じない)(誰も)(あいつが悪魔の力を持っていることを)(誰も知らない)(おれだけだ)(おれだけが知っている)

橋の傍《そば》の土手に身を伏せ、「彼」を待ちうける。何が神通力だ。ちっともこわくないぞ。おれがいちばん強いことを思い知らせてやる。「彼」がやってくる。土手の上にとび出し、棒ぎれを振りかざして「彼」におどりかかろうとする。だが棒ぎれは手から離れ、自らは宙をとび、川の中に落ちる。骨折。絶叫。激痛。水をがぶがぶと飲む。助けてくれる者は誰もいない。泣きわめきながら川岸に這《は》いあがる。すでに「彼」の姿はあたりにない。(無理に家まで這って戻ったのがいけなかった)(そのためだ)(足はもとへ戻らなかった)(あいつは知らん顔をした)(泣いているおれを抛《ほう》って家に帰った)(そのためおれは跛になった)

この男が七瀬の夢の中で木谷と同一化されたのは、共に「彼」に危害を加えようとし、「意志」から同じような報復を受けているためだったのであろう。ではなぜ、そのことを「意志」が、前もって七瀬に教えようとしたのか。七瀬の調査行に助力するためであろうか。七瀬に「彼」の過去を正確に教えようとしたのであろうか。あるいはまた、自分の力の巨大さを七瀬に思い知らせるためだったのであろうか。

ひと通りの回想を終えた郵便局員の中では「彼」への恨みがいつの間にか七瀬への攻撃衝動に変化していた。幼年時代、少年時代の、彼の身勝手さ、我儘《わがまま》、兇暴《きようぼう》性がふたたび燃えさかりはじめていた。この女子大生が自分に昔のいちばん厭《いや》なことを思い出させたが故《ゆえ》に、自分はこの女子大生を犯して当然である、と、彼は考えていた。胸についたやり場のない怒りの炎を消し、屈辱感を柔らげるために、自分は早急に女を犯す必要があり、この女子大生はその犠牲になるべきである、と思っていた。自分にはそれだけの力がある。この女を力ずくで犯し、責め苛《さいな》むことのできる力が、まだ自分にはある。おれはそれをただちに、自分に対して証明しなければならない。

滅茶苦茶な理屈であったが七瀬はそういった醜悪な自我には馴れていた。しかし、彼とこれ以上話すことには耐えられなかった。まして彼の厚顔な口説きがこれから始まるのだと思うとぞっとした。バスが早く来てくれればいいと七瀬は願った。バスはもう十分以上遅れていた。

「まあ、そんなことはどうでもいいじゃないか」今はもう足の不自由さが露呈することも平気で彼は七瀬に近づいてきた。「どう。雪に濡《ぬ》れるから中に入らないか。中は暖いぜ。ストーヴがある」

局舎の中には彼以外誰もいず、奥の宿直室には万年床が敷かれている。その布団《ふとん》の上へ押し倒されている自分の姿を七瀬は男の空想の中に見た。温泉宿までついてきてどうこうという遠まわりをやめてすぐさまこの場でと考えはじめたらしく、それほど男の欲望は切迫していた。いったん局舎の中につれ込みさえすれば、あとは暴力でどうにでもなる、と、彼は考えていた。言うことをきかない場合、力まかせにぶん殴れば気絶するだろうなどという物騒な計画がはっきり見えている以上、そんなところへのこのこついて入るわけにはいかない。

「バスかい。バスはまだ来ないさ」首をのばして街道の彼方《かなた》へ救いを求める眼を向けた七瀬に、男は笑って言った。「あと二十分以上かかる」

嘘だった。十分ほど延着という連絡があったのだから、もうそろそろやってきてもいい頃である。

「話を聞きたいんだろ。だったら話してやるから。さあ、中へ入ろう。な」腥《なまぐさ》い呼気を吐きかけながら男はさらに近づき、七瀬の二の腕を握った。

あわてて、さりげなく振りほどこうとした。だが、男の腕はびくともしなかった。もともと農家の生まれで、力自慢の腕白だったところへもってきて、足が不自由になったため腕の力を使うことが多かったせいもあろう、たいへんな筋肉の力だった。

七瀬はまた、すばやくあたりを見まわした。いよいよはげしくなってきた雪の中に近くの家はすべてひっそりと沈みこみ、誰かが出てくる気配もない。暗い格子窓《こうしまど》の奥から息をひそめてこちらをじっと観察している二、三の村人の意識の断片が漂ってきたが、いずれも七瀬を助けに出てくる気はないようであった。あきらかにこの男を恐れているのだ。街道の左右にも人かげはほとんどなく、ずっと遠くを学校帰りの子供が数人歩いているだけである。巡査駐在所はさらに遠く、声は届きそうにない。

「さあ。入ろう。な」

そろそろバスが姿を見せる頃なので男は焦《あせ》り、ぐい、ぐいと七瀬の腕を引いて局舎の入口へと歩き出した。恐るべき力であった。暴力で女を犯そうなどというたいへんな力業を要する行為に自信を持ち、村びとたちに恐れられているだけのことはある、と、七瀬は思った。むろん、そんなことに感心しているときではない。

この村へ二度と来ることもないだろうし、と、七瀬は考えた。少し荒っぽいが、反撃しなければしかたがなかった。反撃に「意志」のしたことを利用するのは、「意志」の真意がつかめていない以上危険だったが、しかし「意志」が自分を許してくれるに違いないという確信のようなものが七瀬にはあった。

「やめなさい」笑いを含め、余裕を見せてゆっくりと七瀬はいった。「もう片方の足を折ってもいいの」

男は絶叫した。悲鳴のように、なぜ知ってると叫びながら七瀬を振り返った。彼の手の力がゆるんだ隙《すき》に七瀬は腕を振りほどき、彼からほんの一歩だけ離れてさらに彼を見つめた。

微笑を浮かべている七瀬を見て、男は恐怖にすくみあがった。あのことを知っているこの女はいったい誰だと思う一方で、悪魔に違いない、あのことを知っている以上はこの女も智広同様、悪魔の力を持っているに違いないという思いがじわりと湧《わ》き起り、次第にそれを信じはじめていた。それは原初的な畏怖の感情であり、感応している七瀬までが怖くなるほどの恐ろしさだった。

白いものが男の意識をさっと走った。七瀬が何もしないのに、男はまた絶叫した。

恐怖が限界にまで来ていた。

ワアアアアアアアアアアアアアアアア。

閃光《せんこう》のような恐怖の炸裂《さくれつ》。

悪魔だ　げ　妖怪だ
悪魔だ　逃　妖怪だ
悪魔だ　ろ　妖怪だ
悪魔だ　げ　妖怪だ
悪魔だ　逃　妖怪だ
悪魔だ　ろ　妖怪だ
悪魔だ　げ　妖怪だ
悪魔だ　逃　妖怪だ
悪魔だ妖怪だ
悪魔だ　悪魔だ　悪魔だ　悪魔だ　悪魔だ　悪魔だ　悪魔だ　悪魔だ　悪魔だ　悪魔だ　悪魔だ
妖怪だ悪魔だ
妖怪だ　げ　悪魔だ
妖怪だ　逃　悪魔だ
妖怪だ　ろ　悪魔だ
妖怪だ　げ　悪魔だ
妖怪だ　逃　悪魔だ
妖怪だ　ろ　悪魔だ
妖怪だ　げ　悪魔だ
妖怪だ　逃　悪魔だ

片方の足だけで跳躍したのではないか、と七瀬が思ったほどの勢いで男は局舎に駈けこんだ。大きな音を立ててガラス戸を乱暴に閉め、二度、三度と転倒しながら彼はさらに奥の間へと逃げた。自分が反撃した効果の、その予想外の物凄《ものすご》さに七瀬は茫然《ぼうぜん》とするほど驚いた。

今の、血も凍るほどの恐怖の絶叫を誰かが聞きつけ、家から出てくるのではないかと思い、七瀬はまた周囲を見まわした。心配するほどのこともなく、誰も出てこなかった。あきらかに七瀬の錯覚であった。男が全精神力で叫んでいたにかかわらず、そのほとんどは意識内の悲鳴であり、実際にはさほどの声を出してはいなかったし、その声も降りつもる雪になかば消されていたのだ。

警笛が聞こえた。やはり雪のため、ごくかすかにしか聞こえなかったのだが、バスはすぐ近くにまで来ていた。

七瀬の乗ったバスが鈍重に走りはじめると、雪はますますはげしくなってきた。あいかわらず四、五人の乗客しかいないバスの後部座席で窓外を眺めながら、もっと降ればいい、と、七瀬は無責任にそう願った。もっと降って、あの村を覆《おお》い尽し、雪饅頭《ゆきまんじゅう》のようにすっぽりと埋めてしまえばいい。

七瀬はふと、この雪までが「意志」の仕業ではないのかという非現実的な疑惑に捉《とら》えられた。そしてその疑惑の非現実性に笑えなくなっている自分を発見していた。もうひと晩温泉に泊り、明日、七瀬は手部市に帰る。新学期が始まれば、おそらく自分は「彼」に近づいていくことになるだろうと七瀬は思っていた。だが、どんな近づきかたをすればいいのか。その方法は。その機会は。七瀬にはわからなかった。わかっていることはただ「意志」が自分の行動を容認しているらしいということだけであった。

いったい何が起ったのか、と、七瀬は思った。

突然彼女にとって、「彼」の父頼央のことも、母珠子のことも、さらには誰のものとも知れぬ巨大な「意志」の存在さえ、どうでもよくなってしまっていた。「彼」の身辺に起る超常現象の原因を探しに湖輪中学へ行ったことも、頼央の個展を見に行ったことも、冬休みを利用して「彼」の故郷銅里村を訪ねたことも、今の七瀬にとってはまったくどうでもいいことになってしまっていた。彼女にとって重要なのはただ現在の「彼」だけであった。「彼」が「意志」から護《まも》られていることさえ、今の七瀬にとっては第二、第三の問題であった。

電撃のように不意に七瀬を襲ったのは「彼」への愛だった。他人の恋愛感情を奇異の眼で見続けてきた七瀬にとって、はじめて自分の心へ侵略してきたその強い恋愛感情は、どう考えても不合理極まるものであった。「彼」に会いたいという強い衝動でからだ全体が顫え、胸が燃えるように熱くなる時など、自分は発狂しかけているのではないか、と、ふとおびえたりした。最初は自分の感情を興味深く見つめていた冷静さが日ごとに失われていくことも恐ろしかった。冷静にならなければ、と、彼女は自戒した。今はもう恋愛感情と冷静さとの戦いだった。しかし、自分の日日の行動ほとんどすべてが恋愛感情によってのみ左右されはじめていることを、七瀬は悟らないわけにはいかなかった。

最初はあの「壱番館」というコーヒー専門店での出会いだった。それが始まりだった。七瀬はひとりだった。彼女は奥の隅のテーブルで、ブルー・マウンテンを前にしてぼんやりしていた。学校の帰途いつも立ち寄る習慣だったので、店に入ったのも、ブルー・マウンテンを注文したのも、ほとんど無意識のうちだった。彼女は考えあぐねていた。三学期が始まってもう一週間以上経《た》っていた。「彼」に近づく方法が、それも不自然でない近づきかたが、まだわからなかったのだ。

ぼんやりしていたので「彼」の特異な思考が店内のどこからか漂ってくることに彼女はしばらく気づかなかった。「彼」がひとりで喫茶店へ入るところなど一度も見たことがなく、また「彼」の生活態度から考えればそんなことなどあり得ない、したがって「彼」がこの店へ来ることもないと思っていたため尚《なお》さら気づくのが遅れたのか。あっと思って七瀬が顔をあげた時、向かい側の壁ぎわ、三メートルばかり隔ったテーブルでぼんやりしていた「彼」は、しばらく前からそこにいながらはじめて、そして七瀬と同時に、彼女に気づいていた。

何かが起った。火花が空間に散った。何かが帯電していたに過ぎなかったのか。いや。そんな一瞬の、しかもなまやさしいものではない。雷に打たれたようなものであったし、津波に呑《の》まれたようなものでもあった。からだがしびれ、心は押し流された。「彼」のこの美しさ、その精神力のすばらしさになぜ今まで気がつかなかったのかをつくづく不思議に思う一方、そんなことはあり得ない、突然の霊感などある筈《はず》がなく、そう思うなら今までに、とっくにそれに気づいていた筈だと知性は冷静に、しかしずっと小さな声で否定し続けていた。だが感情のうねりは「彼」の心の波立ちと同調して一瞬、また一瞬、高まっていった。「彼」の方からも砲弾の炸裂のような意識の破片が「彼」の強い精神力を起爆装置にしてとび散り、それは七瀬の心へ次つぎと突き刺さってきた。

誰だ
この顔は
知っている
綺麗だ綺麗だ
誰だ誰だ誰だ誰だ
知っている知っている
美しい美しい美しい美しい
この顔はこの顔はこの顔はこの顔は
やっと会えたやっと会えたやっと会えた
お母さんだお母さんだお母さんだお母さんだ
やっと会えたやっと会えたやっと会えた
この顔はこの顔はこの顔はこの顔は
美しい美しい美しい美しい
知っている知っている
誰だ誰だ誰だ誰だ
綺麗だ綺麗だ
知っている
この顔は
誰だ

胸のときめきが、乱入してくる「彼」の意識の断片によっていやが上にも煽《あお》り立てられた。七瀬は自分が蒼白《そうはく》になって行くのを感じた。しまった、と思った。恋してしまった。自分はこの子に恋した。

ぶつかりあった二人の視線がどれくらいながい間そこに凝固していたのか七瀬には思い出せない。ぎこちなく笑いかけたのは七瀬の方からだった。声は出なかった。他に客はいず、話せば充分声が届く位置にありながら声が出せなかった。どんな声になるかわからないのが恐ろしかった。

なぜだろう、と、七瀬はその時思った。他に客がひとりもいないことに、なぜ今まで気がつかなかったのかと。

「意志」の仕業ではなかったか、と、七瀬は思うのだ。他に客がいなかったことも、そして「彼」が店に入ってきたことも。あとで「彼」は、自分がなぜあの店に入ったのかわからない、と言った。ただコーヒーが飲みたかっただけだと。学校の帰りにコーヒーが飲みたくなったことなど、それまで一度もなかったと。

先に声をかけたのは「彼」だった。「彼」は高校で、七瀬の評判だけは聞いていた。

「君、教務の火田さんだろ」

「彼」は率直だった。「彼」の中には照れも、見栄《みえ》も、虚勢も見られなかった。ただ七瀬を美しいと思い、だから好きだと思い、話したいと思い、七瀬のことを知りたいと思い、愛されたいと思い、そして愛したいと思っていたのだ。「彼」はすぐに立ちあがり、せっかちにカップを皿ごととりあげながら言った。

「そっちのテーブルへ行くからね」

七瀬は眼を見ひらいていた。「彼」のことばや行動がすべて新鮮に映り、と同時にそれがごく当然のようにも思え、そうした「彼」の一挙一動にますます好感を持ち、惹《ひ》きつけられていく自分をはっきりと感じていた。

「わたしも知ってるわ」自分のかすれた声を意識しながら七瀬は、向きあって腰かけた「彼」に言った。「あなたは香川智広君ね」

「そうだよ」

不思議がりもせず「彼」は答えた。知っているのが当然だと言わんばかりの調子であったが、そのくせ「彼」にはなぜ七瀬が自分のことを知っているのか、わかっていないのだった。「彼」はそんなことを不思議がり、知りたがる性格ではなかったのだ。

それからあと、「彼」と何を話しあったのか七瀬は憶《おぼ》えていない。おそらく理性的な会話ではなかったのだろうと思うが、それがどのようなものだったか想像もつかず、どれくらいその店にいたのかもさだかでない。店を出た時は夜であった。しかしそれが何時頃であったのかもわからないということは、周囲の様子を見まわす余裕さえなくしていたのだろう。ただ、「彼」と別れたくない気持が、あるいは「彼」が七瀬と別れたくない気持が、会話の内容にはまったく関係なく、二人をいつまでも一緒にさせていたのだ。それから二人はレストランに入って食事をした。何を食べたかは憶えていないが食事が終ってからもそのレストランにながく居続け、やがて店を出てからひと気の失《う》せた寒い町の中をながい間さまよい歩き、さらに通りがかりの喫茶店に入り。

自分は何をしているのか、と、行く先ざきのところどころでふと気をとりなおし、あたりを見まわした記憶はある。いったいこれは何だろう。ただの純情な恋人同士のように話に夢中になっているわけではない。そうするにはあまりに「彼」は幼なすぎ、七瀬は「彼」を知り過ぎている。互いへのいとしさだけが熱く燃えさかっていて、それが突然であっただけに、別れてしまうと相手がこの世に存在しなくなるような気がするのではないかという、その不安だけで一緒にいたのかもしれない。その証拠に、町のほとんどの人が寝静まったと思える深夜、「彼」と別れてひとりアパートの部屋に戻った七瀬は、すぐに、「彼」を恋しく思うあまり涙さえこぼしたのだ。

自分はとりのぼせている、と七瀬は思った。なんということだろう。相手はずっと歳下《としした》の高校生なのだ。七瀬にはまるで自分が若い男にのぼせあがり前後の見さかいをなくした醜い中年女のように思えた。これから自分は恥も外聞もなくした無分別な女になっていくのだろうか。

初めての恋愛体験であるが故《ゆえ》にとり乱しているのだとは考えられなかった。他人の恋愛感情を理解しようとし、それらの人びとの心を何度も観察し、時には感情移入したこともある彼女には、多少の耐性はできている筈であった。だとすれば、それはただの恋愛感情ではなかったのかもしれない。別れてからも「彼」の顔がよく思い出せないというのは、ふつうの恋愛状態でよく起ることなのだろうか。七瀬にはそうは思えなかった。恋人の顔を細部まで記憶できない苛立《いらだ》ちとは違ったもののように思えたからだった。

七瀬の悪い予感はあたった。翌朝眼醒《めざ》めた時も「彼」に会いたいという焼け焦《こ》がれるような想《おも》いにまったく変化はなかった。「彼」のことを考えるだけで胸が熱くなり、焼けた金属が胃のあたりに詰まっているような重苦しい気分になり、しかも「彼」のこと以外は考えられないのだ。思考能力が脳全体に巻きつき覆っている網、あるいはヴェールのようなもののためによく働かず、逆に、何を考えても何を見ても「彼」と結びつけずにはいられなかった。

学校へ行き、職場の雰囲気の中に身を置いてもその気分は変らなかった。むしろ、「彼」が今自分と同じ建物の中にいるのだ、すぐ近くにいるのだという思いで尚さら落ちつかず、さらに、「彼」は今日学校に来ているのだろうか、昨夜遅くまで自分と一緒にいたせいで遅刻でもしているのではないか、などと思い、「彼」がいる筈の教室の前まで様子を見に行ったりした。廊下に面した教室の窓から中を覗《のぞ》き、授業を受けている「彼」を発見し、その横顔を食い入るように見つめながら、心配だから見に来たというのは言いわけに過ぎず、本当はこうして「彼」の顔を見つめていたいからだ、「彼」に会いたいからだということを七瀬は自分でよく承知していた。やっぱりだ、と、七瀬は思った。やっぱり自分は、なりふりかまわず歳下の男のあとを追いまわしている恥を知らない無分別な女になってしまっているのだ。

だが、どうすることもできなかった。「彼」の行く先ざきの教室へ毎時限ごとに様子を見に行きたいという衝動を押さえ、ともすれば立ちあがり、廊下へ出て行きそうになる自分のからだを事務机に向かわせておくのがせいいっぱいだった。だから同僚たちが彼女の様子を、すでに変だと思いはじめていることもよく承知していながら、七瀬にはどうすることもできなかった。それどころではなかったと言ってもいい。自分がどう変に思われようと、「彼」の周囲に変な噂《うわさ》が立つのを食いとめる方がずっと大事だった。そのため学校では、学校でだけは、「彼」と会うことを避けなければならなかった。廊下ですれ違うことさえ避けなければならなかった。きっと互いに冷静ではいられないだろうから、立ちすくんだり互いの顔を見つめあったりして、たちまち誰かに勘づかれてしまう。学校では特に注目を集めている二人であったし、いったん噂が拡《ひろ》がれば二人の態度がいちいちその噂を裏づけることになるのだ。

昼休み、「彼」が教務課の前の廊下へやってきて、受付のガラス越しにじっと自分の方を見つめていることに気づいた七瀬は、「彼」の七瀬に対する気持も自分のそれとまったく変らぬことを知り、こみあげてくる嬉《うれ》しさと同時に、大きな不安を感じ、はげしい焦燥に見舞われた。誰かに気づかれては大変だ、なんとか「彼」に、あそこへ立つことをやめさせなければ、そんなことを思いながらもつい「彼」の方を見てしまう自分が七瀬は腹立たしかった。

放課後も、結局昨夜と同じことになってしまった。どうしても昨日の店へ立ち寄るのをあきらめることができず、七瀬より先に「彼」がひとりで来ていたことを知って有頂天になり、他に客がたくさんいて、学校帰りの誰に見られるかもわからないというのに同じテーブルで向かいあい、じっと眼を見つめあって。

「今日、どうして知らん顔をしたの」

「だって、あなたこそ」

「でも、友達がいるから」

「わたしだって」

「教室を覗いてくれた時は嬉しかったよ」

「わたしも、あなたがわたしの方を見ているとわかった時はとても嬉しかったの。

でも、あんな所に立っていてはいけないわ」

「わかっているよ。でも、どうにもならなかった」

「わたしもよ。どうにもならなかった」

熱に浮かされたようなそんな会話を交しながら、いつまでもその店にいて、店を出ても別れることができず、あちこちとさまよい歩き、レストランに入り、また深夜の町を、歩いて、歩いて、歩いて。ひと気が絶えても別れることができず、ぴったりと寄り添ったまま、いつまでも、いつまでも、いつまでも、あと一刻、あと一刻、あと一刻。

次の日も同じ。次の日も同じ。違うところといえば、学校の生徒や職員たちに見られることのないよう、落ちあう場所を学校からずっと離れた店に変えたことと、歩きまわるのもできるだけひと眼を避け、人通りの少いところを選ぶようになったことであった。しぜん、ふたりが夜ふけに密会するところは学校の人間がとても来そうにない、そして深夜遅くまで開いている店の多い、ややいかがわしい場所が多くなっていった。きっと今にとんでもないことが起るだろう。なかば絶望的にそう思いながら七瀬にはどうすることもできなかった。

「彼」の内部では最初七瀬の中に見出《みいだ》していた母親のイメージが次第にうすれて行き、かわって七瀬への性的欲望が成長しつつあり、それも七瀬には不安だった。このままでは自分は必ず「彼」にからだをあたえてしまうだろうと彼女は思った。そうなれば二人はますます離れられなくなるに違いなく、七瀬はそうなった場合の「彼」のことが心配だった。大学受験をひかえている「彼」が初めて体験する性の歓喜に夢心地になり、愛欲にのめりこんだのでは、将来が台なしになりかねない。「彼」だけではなく、自分だって破滅に近い精神状態になってしまうだろう。

そうなった場合、責任は当然歳上の自分にある、と、七瀬は思った。「彼」を誘惑した罪も、世間からの非難も、すべて自分が負わなければならないだろう。だが、一方でそれぐらいのことがわかっていながら、なぜ「彼」から離れることができないのか、それが七瀬には不思議だった。恋する相手のことを思うが故に身をひいたという例はたくさんある筈だし、それが理性的な態度であれば、七瀬にもそれくらいの理性は残っている筈だった。それとも身をひくなどということができるのは、そもそも本当の恋愛感情を持たないためであろうか。

恋愛は重苦しく、苛立たしく、つらいものであり、決して心の浮き立つような、あるいは眼の前が明るくなるといったような、無責任なものではないことを七瀬は知った。恋した自分を、七瀬は呪《のろ》った。

そして、日曜日がやってきた。

休みの日こそ、「彼」と会ってはならなかった。小さな町のことだから、たとえどこで会っていようと学校の誰かの眼が必ずあると思わなければならなかった。したがって、七瀬は朝からずっと部屋に籠《こ》もりっきりであった。「彼」と会えないのならどこへ行ってもしかたがないと思ったからだ。だが、掃除をし、洗濯をしている間にも「彼」への思慕はますますつのるばかりだった。胸苦しく、息苦しく、なぜ「彼」と離れていなければならないのかよくわからず、それをぼんやりした頭の中で不合理だと考え、時おり知らぬ間にじっと凝固し、佇《たたず》んだままあらぬ方を見つめている自分を発見しては驚くのだった。

「彼」も苦しんでいるだろうか。おそらく勉強が手につかず、悩んでいるのではないだろうか。ひとりで勉強する時間がいちばん必要な時期だというのに。それを知っていながら、歳上で、しかも「彼」の通う学校に勤めていながら、自分はなぜ「彼」の勉強の邪魔になるのを恐れ、「彼」の前から去ろうとしないのか。浅ましい女のエゴだろうか。そんなことを考えるうち、苦しさは加速度を伴って増してきた。なぜこんなに苦しまなければならないのかと思い、七瀬は自分に腹を立て、自分の恋を呪った。いったい「彼」のどこがよいのか、と、開きなおって考えはじめたが、もはや「彼」の欠点を見つけ出すことはできなくなっていた。「彼」の何もかもが好ましく思えた。とりわけ「彼」の名前は、かけがえのないすばらしいもののように思えた。香川智広。なんというい名前だろう。なんとさわやかな、奥深く、知的で、そして魅惑的な名前だろう。香川智広。香川智広。香川智広。いつか七瀬は机に向かい、拡げた紙の上へ乱れに乱れた字で「彼」の名前を書きなぐっていた。

香川智広

香川智広

香川智広

香川智広

香川智広

あっ、と正気に戻り、七瀬は万年筆を投げ捨てた。自分は何をしているのか。これは狂気の沙汰《さた》ではないか。女学生同士の同性愛ではあるまいし、こんなことは二十歳を過ぎた女のやることではない。いったいこんなことをして何になるのか。

あわてて立ちあがり、部屋の中を歩きまわった。胸が煮えたぎっていた。頭には白い靄《もや》がかかっていた。あきらかに、自分はまともではない、と七瀬は思った。狂いかけているのだろうか。「彼」のことを考えまいと努力する一方で、「彼」の顔がよく思い出せないことに苛立ち、次の休日までに「彼」から写真を一枚貰《もら》っておかなくては、などと考えているような状態は、今までの自分からは想像もできない錯乱ぶりである。

理性をとり戻したかった。もう、以前の理性は自分の中にはないのか、そう思い、七瀬はつくづく情けなかった。「彼」のことを頭から追い出そうとして七瀬は泣きながら強く頭部を壁に叩《たた》きつけた。何度も、何度も、全身の力をこめて叩きつけた。だが、そんなことをしながらも、いっそのこと「彼」のいるマンションの近くまで行き、せめて「彼」の意識を遠くからでも感応していようか、などと考えている自分に気がついてかっと逆上し、お前はまだこりないのか、これでもか、これでもかと口走り、わあわあ泣きながらさらに強く壁に頭を叩きつけるのだった。もう以前の自分ではない、と七瀬は思った。理性的だった七瀬という娘はどこかへ行ってしまったのだ、と彼女は思った。しかし、あれほど理性的だった人間がこんなにまで錯乱するなどということがあり得るのだろうか。とても現実とは思えない。これはにせものの現実だ。

ふと、「にせもの」ということばで思いあたり、七瀬はあっと叫んだ。頼央の絵が「にせものの感動」を見る者にあたえた如《ごと》く、自分のこの恋も「にせものの感情」ではないのか、ということに初めて気がついたのである。だとすればそれは当然「意志」の仕業だということになる。「意志」の力が自分の心に強制した恋であると考えれば何もかも辻褄《つじつま》が合った。不意に燃えあがった恋愛感情、理性的には認めることのできないその恋の対象、それまでの七瀬からは考えられない無分別な行動、自らの意志の力だけでは抑制できない思慕の念、それら不合理性は、実はすべて「意志」が七瀬にあたえた強いにせものの恋愛感情の為《ため》だと考えることによって、初めて納得できるのだ。

鏡の中に、蒼《あお》ざめた自分の顔があった。恋が女を美しくするというのは嘘《うそ》だなどと思いながら、なぜ、と七瀬は訊《たず》ねた。なぜこんな恋愛感情を無理やり自分に。なぜこんな苦しい思いを私に。

七瀬は畳の上へ俯伏《うつぶ》せて呻《うめ》いた。「意志」の巨大な力はついに彼女に及び、七瀬は今こそその力を思い知らされた。ひとりの人間をこんな状態に追いこむほどの強い力を持ったこの「意志」は、いったい誰のものなのかという疑問がふたたび湧《わ》きあがった。しかも「意志」は七瀬だけを支配下に置いたのではない。同時に「彼」の感情まで支配している筈《はず》だと考えられた。なぜなら「彼」もまた、歳上の女性との突然の恋愛沙汰をどうしても自制できない自分の激しい感情には、おそらく七瀬以上にとまどっているであろうから。

おかしい、と、七瀬は思った。「意志」は「彼」を護《まも》っているのではなかったのか。「彼」にとって七瀬との恋愛は、七瀬以上に重荷となる筈である。なぜ「意志」は「彼」にそんな重荷を負わせるのか。「彼」と七瀬との恋愛は「彼」にとって何のプラスにもならず、むしろマイナスになるばかりではないか。勉強にさしつかえるし、学校内で悪い評判が立つ。生活が乱れるし、「彼」の将来にもよくない影響があるだろう。いったい「意志」は何をたくらんでいるのか。

不思議なことはまだある、と、七瀬は思った。「彼」の夜遊びを、父親の頼央はいったいどう思っているのだろう。「彼」の意識を覗いても、そこには父親から夜遊びを叱責《しっせき》されたらしい記憶はまったく見出せないのである。頼央は息子が毎夜遅く帰宅するのを黙認しているらしい。それはなぜか。「意志」が「彼」を護ってくれていることを知っていて、「彼」の身に悪いことが起る筈はないと思い、安心しているのだろうか。それとも「意志」はやはり頼央のもとで、何かの理由で息子の恋人として七瀬を選び、わざとふたりのハートに火をつけたのだろうか。ではそれはいったいなんの為か。

そのようなことを一日中ずっと考え続けていたわけではなかった。もう、興味のあることに精神を集中させて考えつめた以前の七瀬ではなかったからだ。「彼」恋しさに悶《もだ》える自分を部屋の中へ閉じこめておこうとする努力だけでも大きな精神力が必要だったし、ともすれば「彼」のことを思い出し、「彼」の思い出にのめりこもうとする自分をいそいで現実にひきもどす努力も続けなければならなかった。それは意味なくテレビを眺め、新聞や本の活字をただ眼で追っている、うつけたような七瀬の頭の隅に時たまちらちらした疑問の断片に過ぎなかった。

「意志」からあたえられたはげしい感情と、今は残りわずかな理性との戦いに疲れ果て、夜になると七瀬はぐっすりと眠ってしまった。だが、勘ぐればそれも「意志」が、ふたたび明日から始まるであろう「彼」との無分別な夜遊びのため七瀬に余力を蓄えさせておこうとするたくらみであったかもしれない。

苦痛に満ちた休日が過ぎ、ふたたび「彼」と七瀬の夜遊びの日課が始まって二日め、いつものようにややいかがわしい人種が集っているスナックを二人が出たのは、おそらく十一時前後と思える深夜であった。大都会ならともかく、この手部市のような小都会でそんな時間、駅周辺のしかも深夜営業をしている店ばかりが集ったあたりを徘徊《はいかい》しているのは、はっきりいかがわしい人種がほとんどといってよく、それはむろん七瀬もよく承知していた。「彼」との夢見心地の会話や散策の合い間あい間に感応できる彼らの思考から判断すれば彼らの多くは、深夜作業をしている日雇い労務者を除き、下っ端《ぱ》のやくざ者、流れてきたホステス兼業の売春婦、暴力団下部組織に属している不良学生や女番長といった、堅気でない人間ばかりであった。

だが、それを気にしていては「彼」との貴重な時間を充分貪《むさぼ》り尽せないと思うため、常に七瀬は周囲から流れこんでくるものを意識的に遮断していた。「彼」と七瀬は一定の緊張《テンション》で張りめぐらしたエネルギー・スクリーン内部の磁場にいたのだ。

スナックを出たのは、そのバリヤーでさえ遮断できぬほどの強さの悪意をちらと感じ、危険を悟ったからだった。いそいで悪意の出どころを検索してみたが、その人物はすでに店内になく、したがって「彼」にか七瀬にか悪意を抱くその人物が一人か複数かもよくわからなかった。とにかく、早く店を出るに越したことはなかった。時間が経《た》てば経つほど、このあたりの人通りは少くなるのだ。

その連中は、にぎやかな国鉄の駅前へ出るのにあと百メートルという、まったくひと気のないビルの裏路地で「彼」と七瀬の前に姿をあらわし、立ちふさがった。待ち伏せしたのである。正確には行く手に二人、うしろに二人であった。七瀬が前方のビルの蔭《かげ》にいる彼らの害意を感応し、いそいで引き返そうとした時はすでに遅く、足音も立てずすいとあらわれた彼らに、前後を挟まれてしまっていたのだ。七瀬の不注意だった。

やくざたち四人の出現に対して「彼」はほとんど無反応であった。そもそも七瀬がなぜ引き返そうとしたかさえよく理解できぬ「彼」は、やくざたちの害意をある程度想像しながらも、立ちどまったままの七瀬を促してそのまま駅の方向へ歩き出した。七瀬は「彼」のすぐあとに続きながら「彼」の意図を知ろうとした。だが「彼」はやくざ四人の危険性を吠《ほ》えかかってくる野良《のら》犬ほどにも感じていなかった。

「彼」は彼らが自分にいかなる危害を加えることもできないと承知し尽していた。七瀬は「彼」の中に「彼」を護る「意志」への信頼を発見した。むろん「彼」はそれを何者かの「意志」としてではなく、選ばれた人間としての自分の命運と思いこんでいたのであるが。

行く手のやくざ二人が、道路の中央へ出てきて立ちふさがった。やくざたちはスナックで七瀬の美貌《びぼう》を認め、相談した末、このすぐ近くにある雑居ビルの、彼ら暴力団が本拠のひとつにしている事務所へ「彼」と七瀬をつれ込み、七瀬を「彼」の目の前で輪姦《りんかん》しようと目論《もくろ》んでいた。やくざなりの観察力で二人がまだ肉体関係にはないと知り、美や知性やその他さまざまな二人をとり巻く雰囲気への嫉妬《しっと》から、二人の心に深い傷を負わせようとたくらんでいた。強姦など日常茶飯事の彼らも、七瀬の並はずれた美貌と、恋人のいる前で女を犯すという暴力映画から仕込んだらしい着想で、さすがに胸をはずませていた。一見おとなしそうな「彼」からは反撃を受ける心配もなく、彼らはすでに犯行を遂げたも同然と思っていて、前方のひとりなどは早くも球尿道腺液《せんえき》を分泌《ぶんぴ》していた。

「お楽しみだがね」と、その男が、堅気の人間を脅す場合に浮かべる典型的なうす笑いとともに言った。「学生だけに楽しませとくわけにはいかないんだよな」

目の前に立ちふさがられて「彼」もさすがに立ちどまり、うるさそうに眉《まゆ》をひそめた。馬鹿《ばか》ばかしさのあまり何か言い返す気にもなれないでいた。

七瀬は背後のふたりが自分を羽搔《はが》い締めにしようとして近づいてくるのを感じ、身をこわばらせた。

前方のもうひとりが「彼」の顔をのぞきこんだ。「ちょっとその姐《ねえ》ちゃんを貸してもらうぜ。ま、二時間か三時間か、そこいらですむからさ。お前、おれたちがやってる間、横で見て楽しんでたらいいよ。な」

「彼」は「餓《う》えたルンペンが高価なフォアグラを欲しがるような」彼らの身のほど知らずを瞬時片頰で嘲笑《ちようしよう》してから、すぐまたうるさそうな表情に戻り、ちょうど廊下の真ん中に寝そべっている仔猫《こねこ》を追う調子で言った。「どけ」

二人のやくざは「彼」がどう言ったのか咄嗟《とつさ》に判断できないでいた。やがて予想外の「彼」のことばを眼のくらむ思いで嚙《か》みしめたのち、劣等感の中からむらむらと湧き起ってきた怒りに彼らは逆上した。

その時、「意志」がやってきた。

「意志」の存在を身近に感じるのは、七瀬にとって初めての体験だった。その圧倒的な精神力はあたりに充満する人間たちの意識を押しのけ、一気に周囲へ拡《ひろ》がった。やくざたちの怒りが燃えあがったことを知り、「彼」の身を気づかってやって来たのだということをすぐに七瀬は知ったが、その正体らしいものはあたりに見られず、その性格も判断できなかった。全人格中の「意志」の部分だけがやってきたわけで、「意志」の持ち主自身は遠くにいるらしく、ずっと離れたところから「彼」の身にせまった危険性を感知し、「意志」だけを運んできたのであろう。今までに「意志」が見せた恐るべきその超能力から考えれば、それくらいのことは「意志」にとってたやすいことであったろうし、さらに現在のこの危険から「彼」の身を護ることも簡単にできる筈だった。ただ、「意志」がそこに来ていることは当然七瀬にしか感じとれないことであり、やくざたち四人は「彼」の味方である恐るべき巨大な精神力がすでに自分たちを包みこんでしまっていることを知らず、今にも予定通りの暴力行為に移ろうとしていた。

この男たちは殺される、と七瀬は感じた。

「意志」には殺意というほどの激しい感情は見られなかったが、なにしろその「意志」たるや、今までに七瀬が知り得た超自然現象からも察せられるように、まったく社会的常識や道徳的判断を欠いた存在なのだ。「彼」の身を救うためであれば、虫をひねりつぶすほどの気持で平然とやくざたちを殺すであろうことは眼に見えていた。

七瀬はわれ知らず悲鳴まじりに叫んだ。「やめて。殺さないで」自分や「彼」の眼の前で殺人事件などが起ってはまずいと考え、思わずそう叫んだのだったが、むろんそんな叫び声が「意志」を動かすとは思えなかったため、七瀬は続けてやくざたちに叫んだ。「逃げて。あなたたち、早く逃げて。殺されるわ」

七瀬の叫び声をやくざたちがどう受けとめたかは、もはや知る術《すべ》がなかった。あたりに充《み》ちているのは「意志」だけであり、七瀬が叫んだ時やくざたちはすでに行動に移っていたのだ。

「彼」の前に立ちふさがっている男が握りこぶしを振りあげ「彼」を殴ろうとした時、男のからだは通路の片側へはじきとばされ、ビルの外壁に叩きつけられて潰《つぶ》れた。それと同時に、今しも七瀬を背後から襲おうとしていた二人のやくざも左右両側の壁に、それぞれはねとばされ、激突して死んでいた。すっ、と「意志」の気配が去ったあと、殺されていなかったのは前方にいた男ひとりだけであった。この男だけは七瀬の叫んだことばに衝撃を受け、一瞬行動をためらったのだ。どんなものかはわからぬまま「彼」に思いがけぬ強い反撃力があるらしいことを予感したためで、その勘の鋭さによってこの男は命びろいをしたといえる。ただし、ビルの壁面に粘着している押し潰された肉塊《にっかい》の如き三人の仲間を見た今、この男の頭の中はもう、常識を超える現象を目撃したショックで空白になっていた。その痴呆《ちほう》状態がいつか回復するのか、あるいは一生そのままなのか、通路に尻《しり》を落して茫然《ぼうぜん》としている男の横をすり抜け、一刻も早くと焦《あせ》りながら七瀬は「彼」を促し、現場から遠ざかった。

その事件のことは新聞に出なかった。例によって「意志」があと始末をし、揉《も》み消しをしたのであろうと七瀬は考えた。

目の前で人間が三人、まるで蠅《はえ》のように一瞬にして叩き潰されたことは七瀬の心に大きな衝撃をあたえた。「意志」の冷酷さを見る思いであった。あんなにまでしなくても、と思いはしたが、彼女の一部には「彼」を護るために平気でどんなことでもする「意志」への共感もあった。「彼」以外の何ものも心に映らないという点では今の七瀬だって同じである。それに今度の場合「意志」は「彼」同様七瀬も護ってくれたのである。やはり感謝すべきなのであろう、と七瀬は思った。

「彼」はあの事件からなんのショックも受けていず、それも七瀬には不思議に思えた。いったい「彼」は自分の身のまわりに起った今までのいくつかの超自然現象をどう考えているのかと思い、何度か「彼」の異様な心にさぐりを入れてみたが、「彼」はそれらを他の自然現象同様に考えているらしく、まったく気にしてはいなかった。つまり「彼」にとってそれは超自然現象ではないのだ。ただ、さすがに、自然現象の中でも絶対に話題にしてはいけない種類の自然現象であるということだけは悟っていて、それだけは厳しく自分に強制し、守っていた。したがって七瀬も、「彼」とあの事件のことを話しあうのは控えることにした。たとえ話題にしようとしても「彼」がそ知らぬふりをするであろうことがはっきりしていたからだ。

学校では、まず教務課で七瀬と机を並べている時原やよいが「彼」と七瀬の間のただならぬ雰囲気に勘づいた。

「また来てるわよ」

最初やよいはくすくす笑いながら、受付の窓口越しに、廊下で七瀬の様子をうかがっている「彼」を発見するたび七瀬にそう報告していた。歳上《としうえ》の美しい女性に対する「彼」の一方的なあこがれの感情であって、七瀬が「彼」のことなど問題にしている筈はないと思っていたからであった。ところがそのうち、七瀬が「彼」を見る様子や眼つきの熱っぽさに気づき、おやおやと思いはじめた。けんめいの自制にもかかわらず「彼」の姿を見るだけでつい冷静さを失ってしまう自分を、時原やよいが驚きの眼で見はじめていることに気づいていながら、七瀬にはどうする術もなかった。

(この人はまあ)(あんな子を好きなのかしら)(ペット的愛情かな)(どこかで)(会っているのかしら)(年齢以上に成熟した人だと思っていたのに)(本気かしら)(歳下の子に)(教務課の人たちに知られたら)(尾上あたりが騒ぎ出すわ)

時原やよいの内心の批判がいちいち七瀬にはこたえた。その頃になればすでに、やよいが危惧《きぐ》した通り、問題の人物である尾上がうすうす何かを嗅《か》ぎつけていた。そういうことにかけては野獣なみの鋭い勘を持っている男であった。

その朝、出勤して教務課の事務室へ入るなり七瀬は呻いた。尾上の視線とともにとびこんできた彼の意識内容を感応して自分が彼との対決を避けられぬ立場にあることを知ったのだ。尾上は昨日、七瀬と「彼」が待ちあわせ場所の喫茶店で一緒にいるところを目撃していて、それを自分の欲望に有利な方向へ悪用しようと考えていた。

どうせ避けられぬ衝突なら早い方がよく、それも周囲に人のいない時がいいと考え、七瀬はその機会を作ることにした。以前尾上から話しかけられた時と同じく、昼休みの時間、外へ昼食に出ず、事務室にいることにしたのだ。いつも昼食を誘ってくれる時原やよいには食欲がないからと言いわけし、がらんとした事務室の中で自分の机に向かい、読みたくもない本を拡げてぼんやりしていると、お誂《あつら》え向きのチャンスを逃がすことなく、笑《チエシャー》い猫《キャット》の笑みを浮かべて尾上がやってきた。

「心ここにあらずといったところですな」

尾上がそう言うことはわかっていたので、七瀬はすぐに答えた。「よくわかりますのね」微笑《ほほえ》み返した。

それらしい反応を七瀬が見せないので尾上は苛立《いらだ》った。最初にある程度のショックをあたえなければ、ねちねちといびることができない。

「恋愛でもしてるんですか」今度こそ顔色を変えるだろうと心で舌なめずりしなが

ら彼は意味ありげにゆっくりとそう訊《たず》ねた。

「あら。ほんとによくおわかりになるのね」七瀬は笑いながら明るく応じた。恋愛などというものは自分にとっても、また自分以外の誰にとっても日常茶飯事であるに違いないと思いこんでいるかに見せかけ、いかにもうしろ暗い感情ででもあるかのように考えたがっている尾上のそれ以上の恋愛に対する事大主義的言辞、脅迫的言辞を封じるつもりであった。「そうなんですのよ」くすくす笑って見せた。

天真爛漫《てんしんらんまん》なのかそれとも海千山千なのかと、尾上は顔を自分からそらすこともなく笑い続ける七瀬をしばらく観察してから、すぐ、この頭のいい女が天真爛漫であるわけがないと判断した。七瀬の芝居を見抜いたのはさすがであったが、尾上はそのため七瀬を極端なあばずれと思いこんでしまい、開きなおり過ぎという失策を演じた。「あまりいい気にならねえ方がいいな」

自分の人間性が尾上の意識内で彼のレヴェル以下にひきずりおろされているのを見、七瀬はなかば本気で怒った。その自分の怒りの感情を利用し、誇りを傷つけられたプライドの高い女のふりを、七瀬は咄嗟に演《や》じて見せた。「なんて言いかたをなさるんです」平手でぱあんと机の表面を叩《たた》いて立ちあがり、燃える眼で尾上を睨《にら》みつけ、ことさらに大声をはりあげて見せた。「ひとをなんだと思ってるんですか。まるでやくざの言いかたじゃないですか。あなたは教務課職員ですよ。そんな喋《しゃべ》り方をしていいんですの」唇と手をぶるぶる顫《ふる》わせて見せた。七瀬としてはそんな大芝居を演じて見せるのは初めてのことだったが、効果は充分だった。

しまった。ヒステリーだった。首をすくめる思いで尾上は舌打ちした。色恋沙汰《ざた》で逆上してやがるのだ。とりのぼせてしまって、ずっと歳下の高校生を相手にしているという非常識ささえ自覚できないでいやがるのだ。こいつは面倒だ。誰かに聞かれたら大変だ。七瀬が叫び続けている間そんなことをおろおろと考えていた尾上は、やがてまあまあと七瀬を制し、それでも、おれの言いかたのどこが悪いのだという不満の色を見せつけながら弁解した。「ぼくとしてはね、火田さん。ちょっとひとこと、注意しておきたかっただけなんだよな」

「何をですか。あなたがわたしに何を注意すると言うのですか」七瀬自身がいちばん嫌いなヒステリー女の演技をなおも続けるのは自己嫌悪《けんお》を感じるほどいやであったが、ここで威丈高な姿勢を崩すことはできなかった。七瀬は大声で言いつのった。なかばは本当の感情なので、さほど難しいことではなかった。

「言ってごらんなさい。あなたがわたしにいったい何を注意するんです」

侮辱され、尾上は今や噴き出てくる憎悪を押さえつけるのに全精神力を必要としていた。ここで「彼」とのことを持ち出そうものなら七瀬が尚《なお》さら逆上することは間違いないので、尾上ははらわたを煮えくり返らせながらも小さく「いいよ。もう」と呟《つぶ》やいた。それから「処置なしだ」と言うかわりにこれ見よがしのシュラッグをして七瀬に背を向けた。ちょうど時原やよいが食事から戻ってきて、尾上と七瀬の間の異様な空気に触れ、驚いた表情で立ちすくんだので、もはや捨てぜりふを吐くことも不可能になり、尾上はせいいっぱいの腹立ちをこめて強く事務室のドアを閉め、廊下へ出て行った。

成り行きでしかたなくヒステリーを演じては見せたものの、あれはかえってまずかった、と、すぐに七瀬は悟った。尾上に言いたい放題のことを言わせた方がよかったのだ。尾上は必ずや憎悪を培養し、蓄積させ、増幅させているに違いなかった。彼の七瀬への肉欲がすでに怒りで破壊のエネルギーに変化してしまっているだろうことも充分想像できた。尾上の反撃が相当強く、思いきったものになるだろうことも想像できた。

当分「彼」と会わない方がいいぐらいのことはわかり過ぎるほどわかっていたが、七瀬にはそれができなかったし、「彼」が承知しなかった。夜遊びはもう三週間以上続いていた。「彼」には学年末試験が近づいていた。その成績次第で進学志望大学はほとんど決定されてしまい、三年になると志望校別のクラス編成が行われる大事な時期であった。だが「彼」は平気だった。平気でないのは七瀬の方であった。わたしが「彼」をたしなめなければいけない立場にあるのに、と、七瀬は思った。だが、実際に、自分からも望んで夜ごと「彼」と会っている以上、口さきだけでたしなめたりするのはもっと愚かなことであった。「彼」が尚さら反撥《はんぱつ》し、むきになるに決っていたし、七瀬にしても、もし「彼」と会えなくなれば自分がどんな状態になるかがよくわかっていたからだ。

尾上との二度めの対決は深夜の路上であった。やくざたちに待ち伏せされた時と同様、深夜スナックに入っていく七瀬と「彼」を目撃した尾上は、近くのビルの蔭《かげ》で二人が出てくるのを待っていたのである。

尾上の気配を感じ、路上で凝固した七瀬に、「彼」は不審の眼を向けた。「どうしたの」

「まずい人がいるの」泣き出しそうになりながら七瀬は言った。「学校の人よ。そこで待ち伏せしてるわ」

「平気だよ」苦笑して「彼」は言った。数日前にやくざたちがどんな目にあったかを見ている癖に、何を恐れているのだ、などと思っていた。

だからこそ、七瀬としてはよけい困るのだった。「だめよ」かぶりを振った。「教務課の人なのよ。その人とわたしが口喧嘩《くちげんか》しているところを、別の人に見られているわ。もし、このあいだの連中のように殺されたりしたら、わたしが疑われるわ。たとえあの連中のように死体が発見されなくても、その人が学校へ出てこなくなればわたしは警察に調べられるわ。そしたらあなたとわたしがこんな時間、こんな場所にいたことが学校で問題になって」

「平気だったら。馬鹿《ばか》だなあ」

路上で押し問答している七瀬と「彼」に気づき、尾上は姿をあらわして二人に近づいてきた。単にこのまま引き返し、明日学校で校長や教務課主任にこのことを報告するだけでは彼の嗜虐《しぎゃく》性が満足せず、気がおさまらないのだった。女に怒鳴りつけられたことで、七瀬との口論以来彼は夜も眠れぬほど腹を立てていたのだ。いったんここで二人を脅しつけ、今夜だけでも自分と同じ不眠症にしてやらなくては、と、そう彼は考えていた。

　尾上は二人の前に立ちはだかった。「君たち、今、いったい何時だと思ってるんだ」以前でこりたらしく、今度は笑い猫《チエシャー・キャット》の顔をした冷やかしは省き、すぐさま怒りをぶつけてきた。「火田君。生徒にちょっかいを出すなと以前言った筈《はず》だ。沖君の次は香川君か。なんということだ。え。二人きりでこんな時間に、こんな場所で。このあいだ君はぼくになんて言った。え。ひとをなんと思っているんだって言ったな。え。おれのことをやくざだと言ったな」喋りながら次第に怒りを燃えたたせ、ついに彼は罵《ば》倒《とう》しはじめた。「お前こそなんだ。言ってやろうか。色情狂じゃないか。自分より若い男を、それも自分の勤めている学校の生徒を次つぎに誘惑して。え。どうせこの辺のホテルへしけこむつもりだったんだろうが。今、そのことで揉めてたんだろうが。いくら違うと言ったってな、この辺はそんなホテルでいっぱいだ。誰だってそう思うんだぜ。おれがひとこと、お前らをここで見たと言やあ、誰だってお前らがホテルから出てきたと思うだろう。そんなことが校長の耳に入ってもいいのか。え」

どうか学校にだけは報告しないでくれと言って七瀬が懇願するのを尾上は待ち望んでいた。だがすでに、明日教務課主任に告げ口をし、もし教務課主任が問題にすることを避けるようであれば直接校長に、大袈裟《おおげさ》に訴え出てやろうという作戦まで尾上が立ててしまっている以上、いくら懇願しても無駄だということはわかっていた。効果がありそうな方法のひとつは、七瀬が尾上に身をまかせてもいいと匂《にお》わせることであり、尾上の心の隅にもまだそれを期待する気持が僅《わず》かにあった。しかし七瀬にその気がない以上、ごたごたを長びかせるだけであるし、尾上に執念深くつきまとわれるのはもうご免だった。七瀬はぼんやりと、罵《のの》り続ける尾上の顔を見つめた。「彼」も、尾上の逆上ぶりにいささかあきれてぼんやりしていた。

七瀬がさほど打ちひしがれた様子を見せないので、尾上はかっとした。「どうなんだ」怒鳴った。「何黙ってる。なんとか言ったらどうだ」

「やめなさい」と、七瀬はいった。「わたしたちのことは抛《ほ》っといた方がいいわ。あなたの身のためよ。脅しじゃなく、本心から言ってるのよ」

尾上は眼を剝《む》いた。「校長に言ってほしくなかったら素直にそう言えばいいじゃないか。おれにそんな脅しがきくとでも思ってるのか。女の癖に脅しをかけやがって。なんだ、そのふてくされた態度は」

七瀬はちらと眉《まゆ》をひそめた。「でも、どうせ言うつもりなんでしょ」

「ほう。言ってほしいのか」校長の耳に入ることを七瀬が必ずしも恐れていないわけではないと思い、はじめて尾上はにやりと笑った。

尾上は誤解していた。七瀬が眉をひそめたのは、尾上が学校に告げ口をする気でいる以上、彼が「意志」から抹殺されることはほぼ確実だったからだ。尾上が消されるのはしかたがないとしても、そのために起る学校内での騒ぎに巻きこまれることは七瀬のいちばん避けたいことであった。

尾上は鼻孔を膨らませ、お得意の脅し文句をつらねはじめようとした。「言ってほしけりゃ言ってやってもいいんだぜ。え。せっかくひとが親切にだな」

その時、急に「彼」が欠伸《あくび》をした。七瀬は驚いた。いくら夜遊び続きで疲れているからとはいえ、こんな時に欠伸ができる「彼」の神経に驚いたのだ。しかも欠伸をしたのは疲れているためだけではなかった。「彼」はこの局面に心底退屈しきっていたのである。この三文芝居じみた脅し文句がいつまで続くのだとうんざりし、時間を惜しんでいた。

七瀬も驚いたが、もっと驚いたのは尾上であった。彼は絶句し、何を考えているのか彼にはまったくわからぬその背の高い生徒の無表情な顔を見つめた。(なんだこいつは)(どうなってもいいと思っているのか)(やけくそになっているのか)(退学させられてもいいと思っているのか)(それとも色ぼけか)(状況がよくわかっていないのではないか)

尾上と七瀬に見つめられ、「彼」はゆっくりと言った。「さあ。もう帰ろうか」

やっぱり何もわかっていないのだ、まだ子供なのだと思い、尾上はわざと気づかわしげな表情で「彼」に言った。「そんなこと言ってる場合じゃなかろう。え。退学させられるかもしれないんだよ」

「そんなことになるもんか」苦笑して「彼」はこともなげに言った。「さあ。もういいだろう。そこどけよ」

ずっと歳下の高校生から信じられぬまでに軽視され、尾上はあっ、と身をのばした。「なに、を、お前、は」二、三歩、「彼」に近づいた。殴りとばすつもりであった。憤怒《ふんぬ》が尾上のからだをつき動かしていた。

この男は殺される、と、七瀬は思った。あのやくざたちと同じように、「意志」

によって、ここで、まるで虫けらのように。

すっ、と周囲に「意志」の気配が満ちたのを七瀬は感じた。

「やめた方がいいわ」尾上があっさりと、しかも無惨《むざん》に殺されてしまう情景から受けるであろう大きな衝撃を予想し、七瀬は心構えをいそぎながらもそう言った。いかにいやな男とはいえ、人間が死ぬところはもう見たくなかった。

「意志」は、いよいよ尾上が暴力を振るおうとするまで待つつもりらしく、「彼」と尾上と七瀬が向きあって睨みあう夜の街かどに音もなくうずくまっている。

七瀬のことばに、尾上は「彼」の前で一瞬立ちどまった。尾上の暴行をむしろ待ちかねている様子の「彼」にえたいの知れぬ不気味さを感じたからであった。「彼」は尾上より背が高かったし、尾上は腕力にさほどの自信がなかった。

（柔道か空手の心得があるのかもしれん）七瀬のことばからそう想像し、尾上はすぐ、「彼」を殴りつけることを思いとどまって態度を変えた。「よし。わかった」憐《あわ》れむように「彼」を見て尾上はうす笑いをした。「どうなってもいいんだな。馬鹿なやつだ」うなずいた。それから「彼」と七瀬を見くらべた。「お前らにはもう、何を言っても無駄らしいな。どうなっても知らんぞ」背を向けた。歩き出した。

だが、憤懣《ふんまん》はまだおさまらなかった。捨てぜりふでもっと二人をおびえさせようとし、彼は振り返った。しかしもはやどんな事態も覚悟しているかに見える二人に、言うべきことばは何もなかった。尾上は数メートル離れた場所から芝居じみた仕草で「彼」に指をつきつけ、空《むな》しく念を押した。「お前は退学だ。覚悟しといた方がいいな」七瀬に指を向けた。「お前は馘首《くび》だ。身から出た錆《さび》だ。しかたがないよな」肩をそびやかせ、街かどを曲がり、彼は姿を消した。

「意志」の気配がすっと消え、七瀬は溜息《ためいき》をついた。「まずいことになったわね」

「まだそんなこと言ってるのか」七瀬に寄り添い、「彼」は熱い手で七瀬の手を握った。「ぼくたちにとって、まずいことなんかが起る筈はないじゃないか」

そうは言っても、「意志」が尾上をいったいどう処理するのか、それが心配だった。心配するほどのことはなく、明日になれば「意志」の叡知《えいち》にあっと驚くような処置がされているかもしれなかったが、今までの「意志」の力ずくで衝動的な行為から考えれば決して安心はできなかった。

それは叡知ではなかった。どちらかといえば力ずくの処理であった。ただそれがあまりにも巨大な力であるがゆえに、もう叡知であるとか力ずくであるとかいう段階ははるかに通り越していて、七瀬はただ圧倒され、想像を絶した「意志」の能力に恐れおののくだけだった。

翌朝七瀬が出勤して教務課室へ入ったのは定刻ぎりぎりであったが、尾上の姿はなかった。尾上はいつも早く出勤し、絶対に遅刻はしない男だった。彼は消されたのだ、と七瀬は思った。どんな形で消されたのだろう、と彼女は考えた。事故か。それとも完全な消滅か。願わくは自分や「彼」に迷惑のかからぬ形で消されていてほしかった。最初事務室へ入った時、なんとなくいつもと違う様子に気づいてはいたのだが、どこが違うかよくわからぬまま、七瀬は仕事にとりかかった。

午前十時になっても尾上は姿を見せなかった。もう誰の眼にも尾上の遅刻は決定的と映じているに違いなかったが、十数人いる職員たちの誰ひとりとして不審がっている者はいなかった。

奇妙に思い、七瀬はさりげなく時原やよいに話しかけた。「尾上さんにしては珍らしいこともあるものね。無断欠勤でもする気かしら」

「え」時原やよいは突然話しかけられ、していた仕事から頭を切り替えるのにちょっともたついた末、部屋の中を見まわしてから七瀬に訊《たず》ねた。「尾上さんって、誰」

七瀬は蒼《あお》ざめた。時原やよいの頭の中に、尾上という同僚は存在しなかった。あらためて周囲に充満する職員たちの意識内容を検索したが、誰の意識にも尾上という同僚の記憶はなかった。あわてての びあがり、七瀬は尾上の席を見た。尾上の事務机はなく、昨日までは尾上の両隣にいたふたりの職員が今は机を並べて仕事をしていて、その机と机の間に隙間《すきま》はなかった。いつもとは様子が違うと感じたのは、実は尾上の席がなくなっていたからだった。

「意志」は尾上というひとりの人間の肉体を消しただけでなく、尾上が存在していたという記憶さえ、尾上を知るすべての人間の意識から抹消してしまったのだ。それを知った瞬間、七瀬はうろたえた。うろたえながらも、まだ不審げに自分を見つめている時原やよいには咄嗟《とっさ》にひきつった微笑を返し、言いわけをした。

「ご免なさい。わたしの勘違いだったわ」

何を寝呆《ねぼ》けているのかしら、夢の続きのつもりかしら、などと思いながらやよいが七瀬によって中断させられた仕事に戻り、ふたたび没入していくさまを見届けてから、七瀬はそっと職員名簿を出して開いた。

名簿にも、尾上の名はなかった。手部高校教務課職員の中に尾上という人物は存在しなかったし、かつて存在したこともなかったのだ。尾上の名があった場所には、抹消された痕跡《こんせき》もなく、空白さえなかった。尾上の前後に名をつらねていた筈の江崎という職員と片岡という職員の名が九ポ明朝《みんちょう》体活字で、他と同じわずかな行間を隔て、なんの不思議があるかといった様子で並んでいた。

尾上がこの世に存在した証拠をすべて抹消してしまったらしい「意志」に、七瀬は今までにない空恐ろしさを感じた。いかなる種類の超能力にそのようなことが可能であろうか。人間業ではない、と七瀬は思った。尾上の住居へ行っても、そこには別の人物がずっと以前から住んでいるのだろうか。それとも最初から尾上を欠いた尾上の家族が住んでいるのだろうか。もし尾上の母親がまだ生存しているとして、彼女は尾上というわが子を産み、育てた記憶までなくしているのだろうか。あまりにも大がかりな「意志」のやりくちに、七瀬の胸は底知れぬ非現実感で満たされた。むろん尾上の住居に誰がいるかを確かめに行く気もなかった。「意志」の力はもう充分思い知らされたのだ。

「意志」への畏怖《いふ》と同時に、安堵《あんど》のあまり笑い出したくなっている自分にも七瀬は気づいた。緊張し続けていたため、反動でかえってヒステリックになっているのかとも思えた。事実、昼休みにいつもの如《ごと》く「彼」が教務課の前へやってきて、廊下から七瀬にうなずきかけた時、思わず七瀬はくすくす笑ってしまったのだ。

(どうだ)(ぼくの言った通りだろう)(心配することはなかっただろう)

「意志」がどんなやりかたでそれを解決したか知らぬまま、なぜか解決したことだけを確信している「彼」が、まるで自分の心を見せびらかすような様子で得意げに笑いかけたからであった。

「彼」はまだ七瀬の読心能力を知らなかった。だが「彼」がすでに七瀬を、他の「自分に奉仕するために存在している人間たち」とは画然と区別し、対等につきあっている以上、普通の人間にない何かを七瀬が持っていることにうすうす勘づきはじめていてもおかしくはなかった。

一方「意志」の方は、これはもうはっきり、七瀬が精神感応能力者《テレパス》であることを知っているに違いなかった。七瀬の心から尾上の記憶が消え去っていない理由は、「意志」が七瀬に安心感を抱いているためであり、自身超能力者である七瀬がそうした超常現象を騒ぎ立てたりする筈がないと信じているためであろう。その上今はもう「彼」と激しい恋愛感情で結ばれてしまっている七瀬が「彼」にとって不都合なことをする筈がないことも確かであった。

だが、まだ安心はできないと七瀬は思っていた。「意志」はあくまで「彼」を護《まも》ることしか考えていず、七瀬は単に「彼」の味方であるという理由から「意志」のお目こぼしにあずかっているに過ぎないのだ。もしいつか七瀬の存在が「彼」の害になるような事態が生じたとすれば、「意志」はためらいなく七瀬を抹殺するであろう。それを勘違いして、「意志」が自分の味方であるように思いこんだりすればきっとひどい目にあう、七瀬はそう自戒した。

七瀬にとってあいかわらず不可解なのは、なぜ「意志」が「彼」と自分にこのような激しい恋愛を続けさせているのかということであった。「彼」の心からはその解答を得ることができなかった。しかし七瀬は解答が得られるまで漫然と待つ気にはなれなかった。「彼」との恋が行きつくところまで行ってしまってからその解答が得られても、もう遅いのではないかという気がした。一度、頼央に会ってみなければ、と、七瀬は思った。「意志」が頼央のものであるにせよ、ないにせよ、少くとも「彼」の心から得られるものよりは多くを知ることができる筈《はず》だった。

春の気配が迫っていた。七瀬と「彼」は逢《あ》い続けていた。尾上が消えて以来七瀬はもう「彼」の学年末試験のことを心配しなくなっていた。「意志」が「彼」に落第点をとらせることなどあり得なかった。間違いなく「彼」は一流大学へ進むであろうと七瀬は信じた。「彼」ほどの知力と精神力があれば点取り虫にならずとも一流大学へ入る資格は充分ある筈だと、贔屓目《ひいきめ》でなく七瀬は思った。非人間的な詰め込み教育を身近に見て反撥《はんぱつ》を感じていたせいもある。

そんなある日、いつものように「彼」の意識をまさぐっていた七瀬は、すでに「彼」が頼央に自分のことを話しているらしいと知り、好都合だと思った。「彼」がそのために頼央から叱《しか》られる、といったこともなかったようであった。「彼」が話す前から、頼央は息子と七瀬とのことを知っていたのではあるまいかとも思えた。

「一度、お父さまにお眼にかかりたいわ」

七瀬がふと洩《も》らしたそのことばは、「彼」の記憶を呼び醒《さ》ました。「そうそう。すっかり忘れていた。父も、一度君に会いたいって言ってたよ」

この機会を逃がさず、会いに行こう、と、七瀬は決心した。ただ、「彼」の目の前で自分と頼央が会うのはまずいのではないかと七瀬には思えた。会って何を話すことになるかはわからないが、なんといっても「彼」は頼央の息子である。頼央にとって、わが子の前では話しにくいようなこともきっと話題にのぼるに違いないのだ。

あるいは事態はそのようなことにならず、頼央が「意志」であった場合には、能力に大きな開きがある超能力者同士の対決になるかもしれなかった。その場合七瀬に勝ちめはなかった。しかし、決断しなければならないと七瀬は思った。「意志」が自分にどのような役目を押しつけようとしているのか、その次第によっては抹殺された方が望ましい場合だってあり得るのだ。

どちらにしろ頼央を訪問するのは、「彼」が登校しているウイークデーがいいと思い、七瀬は有給休暇をとることにした。「彼」を仲介にして頼央と日を打ちあわせた結果、水曜日の午後一時に七瀬がマンションにいる頼央を訪れることになった。

その日は晴れていて、高級住宅地の中のひと気のない坂道を歩くと少し汗ばむほど暖い日であった。頼央と「彼」が住む高級マンションのパティオ風の建物が見えはじめた頃から七瀬は、誰かの視線をひしひしと感じはじめた。意識が感応できないので、それはきっと自分の知らぬ人物で、しかもだいぶ離れた場所から自分を見ているのであろうと七瀬は想像した。

自分のうしろ姿が見えた。坂道の途中で立ちどまり、七瀬は振り返った。数十メートル離れた四つ辻《つじ》の中央に、黒い服を着た背の高い人物が佇《たたず》み、七瀬の方を見つめていた。他には誰もいなかった。遠くにいるため、やはりその人物の意識は感応できなかった。誰だろう、と思いながら七瀬はまた歩きはじめた。

突然、七瀬はふたたび立ちどまった。瘦《や》せていて背が高く、黒い服を着た初老の紳士。そうだ。それは頼央の妻珠子が失踪《しっそう》する一カ月ほど前、ひとりで銅里村を訪れたという、木下清次郎の語ったあの人物ではなかったか。そして今の人物も、やはりステッキがわりと思える蝙蝠傘《こうもりがさ》をぶら下げていた。七瀬はあわてて振り返った。

しかし紳士の姿は、今見たのが白昼夢であったかのように道路から失《う》せていた。

木下から聞いたのと同一人物だろうか、と、また歩き出しながら七瀬は考えた。木下からその紳士の話を聞いている時、七瀬はたまたま読心能力を閉ざしていた。だからその時木下が想起閾《そうきいき》上に浮かべた筈のその人物を、七瀬は見ていないのだ。それでも、そんな古風な服装をした老紳士など滅多にいないのだから、同一人物である可能性は大いにある、と七瀬は思った。もしそうであるとすれば、頼央の住まいの近くに二度もあらわれたあの紳士は、いったいどういう人物で、何が目的なのか。

　頼央の住居はマンションの最上階にあった。教えられていた番号の部屋のドア・ホンを鳴らすと、若い女が出てきた。このマンションの一部にメイド・ルームというのがあり、そこに住まわせてもらっている香川家の女中である、ということが、奥の部屋まで案内されている間に彼女の心から読み取ることができた。ついでに、絵具の匂《にお》いがしないのは頼央が同じ階にアトリエとしてもう一室を持っているからであることも読み取ってしまった。

　この人が「意志」であるわけがない。

　頼央をひと眼見て七瀬はそう思った。頼央は実際の年齢より十歳も老《ふ》けて見える痩せた小柄な人物であった。昔の乱暴者だった頃を思わせるようなところは表情にも態度にもまったく見られなかった。すべてに満足しきっていて、自分の世界からどこかへ出て行こうという気などひとつもない好々爺《こうこうや》の姿がそこにあった。しかも彼の精神力ははなはだ微弱だった。生命力の衰えが見られ、もはや絵に対する情熱もあまり残っていないのではないかとさえ七瀬には思えた。

　それでも、いざ頼央の意識から、自分がテレパスであることをこの老人が知っているとわかった時、七瀬はやはり衝撃を受けた。それ以外にも、頼央は七瀬について、七瀬以外の誰も知らぬ筈のことをいろいろと知っている様子であった。「彼」の周囲に起った超常現象を調べたことや銅里村を訪れたことなどである。「意志」が頼央に告げたのであろう、と七瀬は考えた。

「あなたのことは、よく存じていますよ」

やや震えのまじるしわがれ声で彼が意味ありげにそう言ったことからも、それは確かであるように思えた。

「火田七瀬でございます」固くなって七瀬は一礼した。

明るいリビング・ルームの応接セットで、七瀬は頼央と相対した。頼央の心から「意志」が何者かを知ろうとしたが、頼央の微弱な意識流の中にある、どうやらそれが「意志」の正体らしい複雑で抽象的な観念は、ほとんど理解できなかった。

コーヒーを運んできた女中を自室へ帰らせてから、頼央は喋《しゃべ》りはじめた。「あなたがお知りになりたいことは、よくわかっております。もうすでにご存じでしょうが、わたしはあなたが読心能力をお持ちだということも承知しておりますので、本来ならばあなたのお知りになりたいことを心に思い浮かべるだけでよいのかもしれません。しかし、あなたのお知りになりたい事柄は、たいへん複雑ですし、ひと口ではご説明申しあげにくいのです。そこで、やはりわたしが順を追ってお話ししたいと思います。ことばで言いあらわせないこと、言い尽せないことがたくさんありますので、そこのところこそ、わたしの心の中を見てくだされればよろしいかと思いますが、いかがですかな」

背をのばし、七瀬はうなずいた。「結構でございます」

そう答えながら七瀬は、テレパスと相対した時に見せる普通の人間の敵意、羞恥《しゅうち》、混乱などの反応をまったく示さない頼央を見て、それこそが彼の精神力の弱まりの証拠であり、また、彼がそうなった原因である彼の体験の異常さを示すものなのだろう、などと考えていた。

銅里村へ行かれたのなら、あの村が今でも昔そのままの家並を残している淋《さび》しい村だということはご存じでしょう。この町へ出てきて以来、あそこへは一度も帰っていませんが、今はむしろもっと過疎《かそ》になり、以前より淋しくなっているかもしれません。わたしが生まれた頃もほとんど今のままの村だったとお考えいただいていいと思います。せいぜい戦後になって小学校ができたくらいですが、あれにしても今、生徒はどれほどの数、いるのでしょうかなあ。

わたしは地主の息子だったのでずいぶん我儘《わがまま》に、甘やかされて育ちました。ただ、父親がいろいろなことに趣味を持っていたので田舎の家庭としてはいささか文化的な雰囲気もあり、わたしも家にある小説などを読んでおりまして、まあ、ませた子供だったわけですな。バスで小学校に通いましたが、程度の低い田舎の小学校の授業は、そのころのわたしにはまったく退屈でしたよ。百姓の子供たちを馬鹿《ばか》にする態度がすぐに出るらしくて、そのために憎まれて、よくいじめられたものです。もっとも、同じ村の子供たちは地主の息子だというのでかばってくれました。わたしはその連中を取り巻きにして威張っているいやな子供だったわけですが。

絵に興味を持ちはじめたのは中学校へ入ってからです。これも、学校でいちばん絵がうまいというので教師からおだてられて、それで好きになったのですが、なあに、田舎の中学校で絵がうまいといったところで、これはもう、ぜんぜんたいしたものではなかったのです。ところが本人にはそんなことはわかりません。いつも周囲から褒められるものですから、とうとう絵描きになるつもりになってしまって、絵の学校へ行かせてくれなどと言い出した。田舎ではよくある話です。なにしろ絵がどういうものかもよく知らないくせに、自信だけはたっぷりだったのです。父親はさすがに、本当の芸術がどんなものかをうすうす知っていたのでしょう、頑としてわたしの望みを退け続けました。わたしの方は甘やかされて育っているだけに、いったん要求をはねつけられると、もうそれ以上、たとえば家出したり苦学したりしてまで絵の学校へ通うほどの根性もないので、泣くなくあきらめました。戦争が始まっていて、絵どころではなかったということもあります。でも、絵は描き続けました。県主催の公募などに出品して一、二度入選したために、ますます天狗《てんぐ》になったのですが、なに、これとていずれも公募の水準としてはたいへん低いものだったのです。同じ頃、向う見ずにも中央の美術団体の会へ出品した作品など、全部落選しましたからね。

わたしが美術学校以外の、高等専門学校などへ行かなかった理由は、これも父親が、行ってもどうせ学徒動員で戦争にとられてしまうか、工場などで働かされたりするのだから、いっそのこと家にいろと言ったためです。いよいよ召集されそうになった戦争末期には胸を悪くして寝ていました。食糧事情が悪かったため、一時は死にそうになったりしましたよ。

で、戦争が終ると今度は農地改革で土地をとりあげられてしまい、そのショックで父親があっさり死に、次いで母親が死んでしまいました。わたしの病気はその頃にはもう治っていましたし、財産も少しはありましたし、反対する父親がいなくなったのだからそれから美術学校へ行ってもよさそうなものだったのですが、改めていろんな学科を勉強し直す気にもなれず、優柔不断のせいでとうとう行きませんでした。

わたしが酒を飲みはじめ、放蕩《ほうとう》の限りを尽すようになったその原因を、銅里村の人たちはなんと言っていましたか。おそらく、絵の学校へ行けなかった為《ため》だと言っているでしょうね。それは違います。たいへんな自信家でしたから、最初のうちは、絵の学校などへ行かなくても独学で技術を磨けば、などと思いあがったことを考えていたのです。だけどそのうち、わずかながらもだんだんと芸術というものの底知れぬ奥深さ、恐ろしさがわかってきました。美術全集だの美術史の本だのを買いこんで遅まきながら勉強し、出品と落選を何度も、何十度もくり返し、通信講座を受け、美術雑誌で画壇のことを知り、近くの村や町にいる画家志望の人たちと会ったりするうち、自分の未熟さ、いえ、未熟さどころではありません、生来の素質のなさがわかりはじめ、いやでも自覚せざるを得なくなってきたのです。

わたしがどれほどの深い絶望に打ちのめされたか、おわかりになっていただけるでしょうかな。自分は、実は天才でもなんでもない、世間にはいくらでもいる凡才なのだ、たとえ絵の学校へ行っていたとしても、絵描きになるなどとんでもない、下町の看板絵描きにも劣るただの素人《しろうと》に過ぎず、いくら努力しようが人さまに買ってもらえるような絵など描けっこないのだということが、はっきりしすぎるほどはっきりわかった時のその気持というものは、まったく死んでしまいたいぐらいのものでしたよ。それにまた、絵を出品する時に東京へ出かけてはいろいろな人に会い、そのたびにどうにもならぬ駄目な絵であることを、時には遠まわしに、時には残酷なほどはっきりと指摘されて、がっかりして夜の繁華街を飲み歩き、そこでもまた行く先ざきで田舎者と嘲笑《ちようしよう》されたり馬鹿にされたりして、そんなことが度重なり、自分がいかに教養のない世間知らずであったか、思いあがった井の中の蛙《かわず》であったかということを思い知らされたのです。二、三度そういうことがあって以来、わたしは上京するのをやめました。いかに田舎者であっても人間として最低の誇りというものがありますので、それ以上傷つくことに耐えられなかったのです。そしてわたしは酒に溺《おぼ》れはじめました。

ひどい状態でした。今思い返してもぞっとします。アルコール浸りで、酔っていない時がありませんでしたよ。酔わずにはいられなかったのです。しかも、飲めば荒れ狂いました。村の居酒屋で、近くの町の酒場で、駅前の温泉宿で、毎日のように喧嘩《けんか》し、何度警察の厄介になったかわかりません。村はもちろんのこと、近くの町でも「青鬼の頼央」と噂《うわさ》されるほど有名な酒乱になってしまったんです。家へは何日も帰らず、屋敷は荒れ放題でした。柳生家の人が掃除したり、泥棒や火の用心や、留守中の管理をしたりしていてくれなければ、もっと荒れ放題だったに違いありません。家に帰るのは、金がなくなった時だけでした。売れそうな家財を取りに戻ったのです。まあ、そういう状態ですから、気がつけば警察で留置されていたり、安宿でどこの誰とも知れぬ女と寝ていたり、時には道端で寝ていたこともあります。泥にまみれたような毎日でしたよ。

そんな私を正気に戻してくれたのが珠子でした。

珠子のことにいつから気がつきはじめたのか、はっきりした記憶がないのです。

村に小学校ができてしばらくした頃のある日、ふと気づくと村の中に、いつの間にか文房具屋ができていた、そしてまたある日、その店に若い娘がいることを知った、というような按配《あんばい》でしたな。その娘が珠子という名で、なかなかの美人であるということを知ったのはもっとずっとあとです。村の若い連中の噂を聞いて、そういえば文具店に若い娘がいたなあという、その頃はまあその程度の関心しか持っていませんでした。なにしろ四六時中酔っぱらっていた頃ですからね。

そのうちたまたま文具店へ立ち寄って買いものをした時、珠子と話すことができ、知りあいになりました。美しくて、そしてそれ以上に心の綺麗《きれい》な娘でしてね。わたしの心は傷だらけで荒《すさ》んでいましたが、それだけに、彼女のなに気ない、いたわるようなやさしい言葉のひとつひとつが、それはもう水が浸《し》み込むように胸に流れこんできて、魂が洗われるというのはこのことかと思ったくらいでしたよ。それ以来、ときどき文具店へ出かけ、珠子と話すようになりました。むろんその頃はまだ、結婚することになるなどとは夢にも思っていませんでした。歳《とし》もはなれていましたし、だいいち自分のように汚れきった人間が彼女と結婚できる筈《はず》などないと思っていましたからね。村の若い連中は彼女が目あてで用もないのにしきりに文具店へ寄ったりしていまして、珠子はその連中からわたしの悪い噂をさんざ聞かされたと、いやこれはもちろん結婚してから話してくれたのですが、そう言っておりました。きっと頼央などとはつきあうなとか、そういったことを言われたんでしょう。しかし珠子は、そんなわたしの噂を聞きながらも、他の連中とわけへだてすることもなく、わたしと話してくれましたよ。時には昼間、ぐでんぐでんに酔っぱらっている姿を彼女に見られたこともあります。わたしは初めて、酔っている最中に酔っている自分を恥かしく思ったものです。

そのうち、珠子のたったひとりの肉親だった母親が死にました。もともと珠子の一家は東京にいて、下町で小さな文具店をやっていたのだそうです。珠子も東京で生まれたのだそうですが、空襲で家が焼けたため、銅里村出身の同業者の斡旋《あっせん》で、文具店のない銅里村へやってきて開業したのだと言っていました。父親は開業後すぐに死んだそうで、わたしはこの人のことは憶《おぼ》えておりません。

珠子は年ごろでしたし何しろ美人だったので、すでに母親が死ぬ前から嫁に来てくれという話はいっぱいあったそうです。わたしは彼女など、自分のようなものにとってはとても手の届かぬ高嶺《たかね》の花だと思っていますから、母親の死後村の若者の間で彼女の争奪戦がますます激しくなったなどというそんな噂を聞くたびに、いったい誰の家へ嫁に行くのかと思い、心配しながらその争いを圏外から見まもっておりました。いや、見まもっているつもりだったのです。

そんな時、ある日ぶらりと立ち寄ったわたしに、珠子は一冊の婦人雑誌を見せてくれました。彼女が購読していたものらしくて、月おくれのものでしたが、それには高名な洋画家の短い自伝が載っていたのです。で、それを読めというのです。珠子の意図がよくわからないなりに貰《もら》って帰り、わたしはそれを読みました。

驚きましたねえ。その洋画家の無名時代の生活というのが、その頃のわたしそっくりだったのですよ。自分以外のどの画家の描いた絵を見てもその才能に圧倒され、いかに自分の絵が駄目であるかを思い知らされ、やけ酒を飲んで荒れ狂った、と書いてありました。地獄のようなものであった、と表現していましたが、わたしにはそれがよくわかりました。で、その画家がどうやってその地獄から抜け出したかは書いてありませんでしたが、それでも現代日本で一、二を争う高名な洋画家になった以上は、これはもうはっきりと、その人はその地獄から抜け出すきっかけをつかんだに違いないわけでして、珠子はきっとわたしにも早くそのきっかけをつかむよう助言し、そんな時代は誰にでもあるのだから、あなたも早く正気に戻って立派な画家におなりなさいと忠告するつもりで、まあ大の男にそんなことを直接は言えませんから、そのかわりにその雑誌をわたしに読ませたのでしょう。

珠子だけがわたしの苦しみを本当に理解してくれていたのではないかと思います。というのは、わたしが自分の才能に絶望していることは、誰にも知られていない筈だったからです。村の連中はみんなわたしを大変な自信家だと思っていて、酒を飲んであばれるのは絵が世に認められない腹立ちからだろうと考えていたようです。もちろんその頃になれば、わたしの絵がどうやらたいしたものではないらしいということも村の連中は悟りはじめていました。子供時代の絵はお世辞半分に褒めたもののの、いったん画家を自称しはじめた人間の絵はやはりプロの絵として批判的に見ますから、いくら文化的素養のない田舎者の観賞眼にも下手な絵は下手としか映らず、その点ではむしろ評論家よりも正直だったのでしょう。ただ連中は、本人だけが自分の絵を下手だと思っていないらしいという、大変な勘違いをしていました。実際は、わたし以上にわたしの絵がどうにもならぬ駄目な絵であることを知っている人間はいなかったのですがね。

なぜ珠子に、わたしの絶望がわかったのかと、今でも不思議に思います。わたしは雑誌に載っていた自伝そのものよりも、珠子がそれをわたしに読ませてくれた、ということで感動しました。おそらく珠子がわたしをいたわり、はげますつもりで見せてくれたのだろうとは思いましたが、いやもう、人間というものは己惚《うぬぼ》れの強いものです、わたしは、もしかするとそれだけではないのではないか、珠子は自分のことを想《おも》ってくれているのではないか、わたしにこの雑誌を読ませたのは珠子の意思表示ではないのか、などと思いはじめたのです。一方では、そんなことがあるわけはない、そんなことを思うのは珠子のやさしさへの冒瀆《ぼうとく》だ、などとけんめいに否定したのですが、その間にも村の連中から彼女の身のまわりの堅いこと、浮いた噂がひとつもなく、若い者のつけこむ隙《すき》がないことなど、いろんな噂を聞かされますので、これはもしかすると本当に、彼女は自分のプロポーズを待っているのではないかと考えたりし、とうとうある日たまらなくなって、笑われてもともとだというなかばやけっぱちの気分で、雑誌を返しがてら彼女のところへ行ったのです。

最初は、さりげない会話のうちにそれとなく珠子の真意をさぐろう、などと虫のいいことを考えていたのですが、いざ彼女の澄んだ真摯《しんし》な眼で見つめられますと、冗談半分に話すことができなくなってしまいました。で、わたしは正直に、もしあなたと結婚できれば自分としてこんな幸せなことはない、と、真面目《まじめ》に言ったのです。

わたしでよければ、と、待っていたように珠子が、思いがけずあっさりとそう返事してくれた時には、わたしの方がびっくりしてしまいました。そしてうろたえました。万が一彼女が結婚を承諾してくれた時のことを、わたしは何も考えていなかったからです。

おろおろ声で、弁解がましくいろんなことを喋《しゃべ》った記憶があります。いかに生活態度を改めようと、自分がこの洋画家のような立派な絵描きになれるとは思えない、この画家には天賦《てんぷ》の才能があったからよかったが自分にはない、自分に才能があるかどうかさえわからぬほど自分は馬鹿ではない、その証拠に、この洋画家の若い頃の作品と現在の自分の作品とを比べてみれば、才能の違いは歴然としている、むろん自分は死にものぐるいの努力をするつもりだがとても高名な画家にはなれないだろう、それでもいいのかと、そんなことを言ったように思います。また、財産がほとんどなく、わずかな土地と荒れ果てた屋敷があるだけであって、今だって隣りの柳生家に食わせて貰っているようなものであるということも申しました。だからあなたには、とても豊かな生活をさせてあげることはできないに違いないと、わたしがそう言っても、彼女は微笑しながらそれでもいいというのです。

なぜ珠子はわたしのような男の妻になる気になったのでしょう。不思議でなりません。そのことは結婚してからも何度か訊《たず》ねたのですが、いつも珠子は笑って答えをはぐらかしました。一度だけ、わたしが結婚してあげないとあなたが駄目になりそうだったからよと、冗談のような返事をしたことがありますが、いったい女性は、そんなことで結婚するものでしょうか。他の男たちは抛《ほう》っておいても大丈夫だけど、このひとは抛っておけないからという、そんな博愛主義的な理由から夫を選ぶものでしょうか。結局わたしには珠子の気持がわかりませんでしたし、今でもわからないのですよ。

その当座、いったんは茫然《ぼうぜん》としていたのですが、すぐにわたしは有頂天になりました。その頃のわたしにとって、それはもう信じられぬほどの喜びでした。汚《けが》れのない、天使のような珠子が、やくざのように身を持ち崩した自分と結婚してくれる、そう考えただけで夢心地になりました。その一方で、彼女を幸せにできるだろうかという不安もありましたが、その不安さえ忘れるほどの喜びでした。彼女が結婚してくれるのであれば自分はどんなことでもしよう、どんな努力でも、どんな仕事でもしようと、わたしはその時、そう心に決めていたのです。

わたしと珠子の婚約が知れわたると、村中たいへんな騒ぎになりました。だいたいのところは村の人たちからお聞きでしょうが、珠子と結婚したがっていた若い男たちはもとより、珠子の身を案じる人たちが、わたしに憎まれ、恨まれることも恐れず、入れかわり立ちかわり珠子のところへ行き、あの頼央だけはやめるようにと忠告したそうです。それはもう村長はじめ駐在の奥さんに到る村の人のほとんどがやってきたと、あとで笑いながら珠子はそう言っておりました。まあ、無理もないことでして、わたしは今でもそれが当然だったと思っておりますので、恨む気にはなれません。

珠子に決意を翻《ひるがえ》す様子がないとわかると、村の者はいろいろな噂をとばしはじめました。わたしが夜這《よば》いをかけただの、手籠《てご》めにしただの、それでもって珠子をたらしこんだのだなどという、それはひどい噂で、わたしは自分よりも珠子のために腹を立てました。しかしこんな低劣な噂は、珠子を知っているほとんどの人が信じなかったでしょうし、珠子もさほど気にしてはいないようでした。わたしも、普段であれば噂の元兇《げんきょう》を捜し出して喧嘩を吹っかけたところでしょうが、なにしろ嬉《うれ》しさの方が比較にならないぐらい大きかったため、噂を耳にした時の怒りも一日経《た》てばすぐ忘れるといった状態でした。

わたしに対する風あたりも当時はずいぶん強く、ふだん進歩的なことを言っている若い連中までが頼央を村八分にしようなどといきまいたぐらいで、行く先ざきで敵意を示され、厭味《いやみ》を言われ、あれには参りました。もともと嫌われてはいましたが、昔世話になった地主の倅《せがれ》だというのでそれまで親切にしてくれていた人までがそっぽを向いたりするので、村中どこにも行き場がないということになって、いやあの時は閉口しましたよ。

珠子に真剣になって惚《ほ》れ抜いていた若い男もいましてね。この男は半狂乱になって珠子のところへ行き、泣いて忠告したそうです。しまいには、自分と結婚してくれなくてもいい、頼央以外の人間なら誰とでもいいとまで言ったそうですから、よほど純粋に、珠子の幸福を願っていたのでしょうね。わたしはその話を聞いて、おれもよくよく嫌われたものだなどと思っておりましたが、ある日この男に村の中の道で出遭いまして、呼びとめられ、面罵《めんば》されました。お前のような人間に珠子を愛する資格があると思うのか。なんの職もなく、財産もなく、おまけに大酒飲みで酒乱ではないか。珠子を幸福にできるわけがないではないか。ほんとに珠子を愛しているのなら身をひくべきだなどと、ずいぶん言いたい放題のことを言われましたが、すべて本当のことなのでわたしは何も言い返せず、相手が真剣になって怒っているだけに圧倒されてしまい、黙って聞いておりました。まったくその通りだと思い、その後しばらくは本気で身をひくことを考えたぐらいです。罵《のの》った相手の純粋さに比べればわたしはまだまだ不純であるようにも感じました。わたしが罵倒されている情景を見ていた村の連中はあとで、頼央もずいぶんおとなしくなったものだなどと言っておったそうです。事実わたしは珠子と約束を交して以来、酒を断っていましたから、飲んであばれるといったようなこともなかったのです。

この話を聞いて今度は珠子が怒りました。珠子が真剣に怒るのを村の連中が見たのは、あとにも先にもこの時だけだったそうですが、彼女はわたしを罵倒した相手、あれは村の役場に勤めている青年でしたが、この男にわざわざ会いに行き、相当強い口調で文句を言ったそうです。どういうことを言ったのか詳しいことをわたしは知りませんが、可哀想《かわいそう》にその後その男はしばらくの間すっかりしょげ返っていたと言います。

そのようなことがいろいろあって後、騒ぎがやや下火になりかかった頃を見はからってわたしたちは結婚しました。式をあげたのはあの温泉町にある小さな神社の結婚式場で、媒酌人はわたしが小さい頃からずっと面倒を見てくれた柳生の夫婦に頼みました。あなたが会われたあのお婆《ばあ》さんと、今は亡《な》くなりましたがあの人のご主人です。親戚《しんせき》はどちらも少くて、わたしの方は村内にいる遠縁のもの二、三人だけ、珠子の方は東京から、珠子の従兄《いとこ》という人が来てくれただけでした。村の人もだいぶ招いたのですが、村長のほかは四、五人という淋《さび》しさでした。これはまあ、わたしたちの結婚に反対した行きがかり上、来づらいからでもあったのでしょう。

わたしは土地の大半と屋敷とを売りはらい、その金の一部で小さな文化住宅、あなたもご覧になったあの家を建てました。珠子の方でも、文具店を人に譲った金や、家財道具の多くを売った金や、結婚に備えていた貯《たくわ》えなどを持ってきてくれましたので、当分生活に困らないだけの金はありました。むろん、そんな金だけにいつまでも頼っているわけにはいきませんから、わたしは、ちょうどすすめる人があったので近くの町にある信用金庫に勤めに出ようかと考えました。ところがこれには珠子が反対しました。勤めなどせず、もっと絵の勉強をすべきだというのです。少しくらいの貧乏は覚悟の上で妻になったのだからと、そう言うのです。

わたしは感激しました。珠子はほんとにいい妻でした。どんな男にとっても理想の妻だったといえるのではないか、そう思います。妻がわたしに絵の勉強をすすめたのも、わたしを早く有名な画家にして村の連中を見返してやりたいなどというつまらない小さな意地からではなく、ほんとにわたしのことを思ってくれているからだということは明らかでした。わたしが絵を描くことだけに夢中になれる人間だということを珠子は知っていたのです。自分がいちばん好きなことをけんめいに勉強し、それで上達しないなどある筈がない、と、珠子は言っておりました。

珠子の愛情に報いなければなりませんでした。わたしはふたたび画業に打ちこみました。あのころ描いた絵が、わたしの絵の中でもいちばん力強さを持つ、迫力に満ちたいい絵であったろうと思います。そしてわたしは幸福でした。あの頃のことを、わたしは今でも毎日のように思い出します。夕方、わたしが絵具箱や画架をかつぎ、キャンヴァスを持って帰ってきますと、家には母親から教わった和裁や洋裁の技術を生かして内職をしている妻がわたしを待っていて、笑顔で出迎えてくれます。輝いているような美しい微笑でした。そして夫婦だけのつつましい夕食。そのようなしあわせがあることをわたしはその時まで知りませんでしたし、もし知っていたとしてもそれがわたしの身に訪れるなどとは夢にも思わなかったでしょう。いやいや。こんなことを申しあげても独身のあなたには惚気《のろけ》としかお思いになれないでしょうから、話を端折《はしょ》らなくてはなりませんな。ただ、あなたには、わたしの心の中の記憶から、その頃の思い出がいかにわたしにとってすばらしく、光り輝いていて、何ものにも代えられないほど大切なものであるかということを読み取っていただきたいのですよ。

絵の方は、どうにかひと前に出せるほどの水準に達しましたので、一流でこそありませんが地方の小さな美術団体にも加えていただけましたし、技術や手法の変な模倣を極力避けたためか、その幼稚さ剝《む》き出しのところを喜ぶ粋狂な人たちが買ってくれたりしまして、僅《わず》かながらも絵で収入を得ることができるようにもなりました。希望に満ちた時代でした。

三年後に智広が生まれました。さいわいにも、わたしよりも珠子にずっとよく似た可愛《かわい》い顔の男の子で、大きくなるにつれ、性格も珠子に似たらしく、いやなところのひとつもない、思いやりのあるやさしい子であることがわかってきて、わたしはたちまち智広に夢中になりました。三十歳を過ぎてできた子は可愛いものだなどと申しますが、わたしにとって智広は宝ものでした。歩けるようになるとわたしも珠子も、しばしば智広を外へつれ出しました。写生をしているわたしの傍《そば》でひとり遊びをしている智広の可愛らしさは、いつもわたしの胸を和ませてくれました。珠子が智広の手をひいて買いものに出かけるそのうしろ姿を窓から見送るわたしの眼には、二人が天の使いであるように見えました。そう。あれはたしかに、醜く汚れたこのわたしのところへ神が授けてくださった二人の天使の姿でしたよ。あんな美しいものがこの世にあるとは思えません。

しあわせな日日が続きました。そうです。珠子が急に失踪《しっそう》してしまったあの日まではは。もう、あのしあわせだった日日は二度とやってこないでしょう。そう考えるといつも涙が出ます。でも、わたしのような人間に、分不相応なほどのあんなにしあわせな日がたとえあれだけの期間とはいえ、あたえられたことに対してわたしはむしろ感謝しなければならないのかもしれません。

珠子が突然、消え失《う》せたようにいなくなったのは、智広が五歳になった年の春でした。その日わたしはアトリエで制作しておりましたが、珠子は午後の一時ごろ、夕食のための買いものに出かけるといって、智広を家に残し、ひとりで出かけました。村の中で買いものをしてすぐ帰ってくるつもりであったことは確かです。いつも、買物に時間がかかりそうだったりバスで町へ行ったりする時は、わたしの仕事の邪魔にならぬよう智広をつれて行くのですが、その日は智広を置いて出かけましたし、それに普段着のままでしたからね。ところが三時になっても、四時になっても妻は帰ってきません。その頃からわたしはそろそろ心配になり出しまして、五時を過ぎるともうとてもじっと待っていることができず、智広をつれて妻を捜しに出かけました。

あなたもご存じのあのバス停の附近が昔から村の中心部で商店の多いところなのですが、わたしはあの辺の店を一軒一軒訊《たず》ねてまわりました。で、結局妻は四軒の店で買いものを済ませており、それも一時半ごろにはすべて買いものを終えていたらしいことがわかりました。そうこうするうちに日が暮れてきましたので、これはもう必ず何か妻の身に変ったことがあったに違いないと思いまして、わたしは駐在所へ行き、木下というあの駐在に妻の捜索を頼みました。駐在は電話であちこちの町や村、それにバス会社などへも問いあわせてくれましたが、妻の消息はまったくわかりません。バスがあの辺の唯一《ゆいいつ》の交通機関なのですが、妻のことはよく知っているバスの運転手や車掌の話では、妻はバスには乗ってこなかったといいますし、附近の村や町にも、それぞれの派出所や駐在所の巡査に軒なみ訊ね歩いてもらった結果、妻の姿を見た人はいないということがはっきりしはじめました。

夜になってしまい、その頃にはわたしはもう心配で気も狂わんばかりの状態になっていました。そのうち村の連中も心配して駐在所へ三三五五集まってきまして、村内や村の周辺を手わけして捜してくれることになりました。わたしもじっとしているわけにはいきませんから、智広を柳生家で預ってもらい、村の連中と一緒に川下を捜しました。あの川はその頃ちょうど雪どけで水嵩《みずかさ》がふえていましたから、橋から落ちたのではないかと誰かが言い出したのです。もっとも、家へ帰る途中にかかっているあの橋は、あのように幅の広い大きな橋ですし、欄干も頑丈にできている上に、壊れた部分も見あたらず、わたしにはとても妻が川に落ちたなど考えられなかったのですが、わたしにしろ村の者にしろ他に心あたりが何もないのですからしかたがありません。ずいぶん下流の方まで捜したのですが、妻の姿は発見できませんでした。

あの時は木下にしろ村の連中にしろ、ほんとによくやってくれました。しかし、今でこそそう言えますが、その時は心配で気が動顚《どうてん》しております。東の畠《はたけ》にもいない、どこそこの山にもいないという報告が入るたび、捜しかたが悪いといってずいぶん駐在を怒鳴りつけ、村の連中に食ってかかったように憶《おぼ》えております。それに田舎の人間には無神経な者が多く、わたしが横にいることを知りながら、妻がどこにも見あたらないのでこれは誘拐されたのではないかとか、殺されて埋められたのではないかとか、まあ、そういったようなことを大声で話しあったりするものですから、わたしはそのことばにいちいち逆上して嚙《か》みついたのです。よくまあみんな、怒りもせずに協力してくれたものだと思います。珠子が、村のみんなから好かれていたためでしょう。村びとほとんど総出で、あの晩はたしか徹夜で捜索を続けてくれた筈《はず》です。

次の日には本署から刑事さんも来てくれました。家出とは考えられず、まるで消失したように何ひとつ手がかりがなく、どうにも異常な失踪のしかたですから、誘拐、殺人の疑いがあると判断したのでしょう。刑事さんたちは村中の家一軒一軒を徹底的に訊ねてまわり、さらに街道沿いの村や町を、数十キロ離れたところまで聞きこみにまわってくれたそうです。村びとの有志が捜索隊を作り、警察に協力して昨夜捜した近くの山中を改めてもう一度捜してくれました。しかし、それほどまでにしても、手がかりはまったくつかめなかったのです。これだけ捜しても、妻が最後に買いものをして以後の目撃者さえひとりも発見できないのだから、おそらくもう村にはいないだろうというので、警察では長距離トラックに連れ去られた可能性を考え、県内のガソリン・スタンドやドライヴ・インを片っぱしから当ってみたそうですが、これも無駄でした。東京にいる妻の従兄のところへも連絡しましたが、むろん、そんなところにいる筈はありません。

二日経ち、三日経ちました。わたしはほとんど休まず眠らず、妻を捜し続けました。村びとや刑事さんが心配して、休むようにと言ってくれましたが、とても眠ってなどいられません。着のみ着のまま、食べものものどを通らず、夜と昼との区別もなく、ただ妻の姿だけを求めてあちらの山、こちらの森と捜しまわりました。おそらく知らぬ人が見れば気がふれているとしか思えないような様子だったに違いありません。

その後数週間の記憶は朦朧《もうろう》としています。何度も捜しまわり、もはや誰も捜さなくなったような場所を無我夢中であちらこちらと歩きまわっていた断片的な記憶があるだけです。気がつくと家に駈《か》け戻ったりしていました。捜しているうち、もしかすると今時分ひょっこり家に帰っているのではないかなどという根拠のない思いつきから、はかない希望にすがりつくようにいそいで帰ってきたのだろうと思います。

人間、そんなに何週間も眠らずにいることはできない筈ですから、おそらくはあちこちでうたた寝をしていたのでしょう。その辺の記憶は曖昧《あいまい》です。あとで聞いたところでは、眼は血走り、髪も髭《ひげ》も伸び放題という鬼気迫るようなひどい有様であったと言います。村びとたちがあきらめてそれぞれの生活に戻り、もはや誰ひとり捜索に協力してくれなくなってもわたしはまだあちこち彷徨《ほうこう》していたようです。そういえば、わたしが歩いているとすれ違う村の人たちが眼を伏せ、顔をそむけ、わたしの眼から逃がれようとするような態度を見せたことをぼんやり憶えています。正視できぬような状態だったに違いありませんし、わたしが哀れでもあったのでしよう。

一カ月経つと、もはや絶望的と見たのか、警察でも捜索はうち切ったようでした。わたしはまだあきらめられず、無駄と知りながらも金をかき集めて新聞に広告を載せてもらったり、昔の妻の友人の結婚先を訪ねて遠くの町まで出かけたりしておりました。その頃になるともう、たとえ死体でもいいから出てきてほしいと乞《こ》い願う気持になっておりまして、深夜、どこかの地中深くに埋められている妻の救いを求める声ではっとして起きあがり、夢と知って泣いたこともしばしばです。逆に、妻が無事に見つかったという嬉《うれ》しい夢を見た時も、眼醒《めざ》めてのちの冷たい現実に、布《ふ》団《とん》の中で号泣したものでした。寝ても醒めても妻のことばかりを思い、妻を捜すこと以外に何をする気にもなれず、わずか一、二カ月でわたしはげっそりと痩《や》せ細り、それまで黒ぐろとしていた頭髪は白髪だらけになってしまいました。これをご覧ください。このみごとな白髪は、あの時からほとんど変っていないのですよ。

事件は未解決ながら、時が経って捜索騒ぎがいったん鎮《しず》まると、なにしろあまりにも腑《ふ》に落ちぬことの多い不思議な事件だったものですから、村の連中がいろいろな噂《うわさ》をとばしはじめました。家出した様子もなく、事故死や殺害されたりした痕跡《こんせき》もなく、失踪した際の目撃者はひとりもいないし、手がかりはまったくないという変な事件でしたから、迷信深い村の年寄りたちが神隠しだなどと言い出したのはむしろ当然だったといえましょう。我慢ならなかったのは、珠子と結婚したことでまだわたしを恨んだり憎んだりしていた連中が、わたしをことさらに、苛立《いらだ》たせるような噂をしはじめたことでした。珠子には前から町に好きな男がいて、そいつと駈落ちしたのだとか、わたしの横暴だの、貧乏暮しだのに愛想を尽かして家出したのだとか、捜索に加わって状況をよく知ることができた村の人間であればとても考えられないような非常識な推測をし、まことしやかにふれ歩いたりする者もいました。あの天使のような妻が、そして家には智広という、これも天使のような可愛いさかりの子供のいる妻が、どうして浮気や家出をするでしょうか。また、結婚後は人間が変わったようにおとなしくなり、あれほど妻を深く愛していたわたしが、どうして横暴などと言われるわけがありましょうか。いずれもひどい中傷でした。抛《ほ》っとけばよかったとお思いかもしれませんが、わたしはその頃まだまだ、なかば錯乱状態でした。血相を変え、狂ったように噂の元兇《げんきょう》の家へ怒鳴りこんでいったこともあります。何人かの男たちとはげしく口論した末殴りあいになり、あべこべに袋叩《ふくろだた》きにされたこともあります。

でも、そんなことがあったからこそわたしは、まだしも正気を保っていられたのではないかと、今になってみればそう考えられるのです。騒ぎのあと、ひと月ふた月と時が経《た》つにつれて妻恋しさは募るばかりだったからです。あの頃もし家でじっとしていたとしたら、本当に気が狂ってしまったのではないかと思います。

その間、絵はもちろんのこと、家事も抛ったらかしでしたから、智広はほとんど柳生家に預ってもらっていました。わたしが食事に戻るのも柳生家で、しばしば智広と一緒に泊めて貰《もら》ったりもしました。智広は利口な子でしたから何が起ったかは知っていました。最初のうちはやはり子供のことで、周囲の大人たちの騒ぎをただ驚いて見ているだけでしたが、そのうち母親が恋しくなりはじめ、わたしと一緒の時は毎夜のように泣くので弱りました。泣きたいのはわたしも同じでした。夜ごと眼醒めては母の長い不在を思い出し、お母さんはどこへ行ったの、ぼくはもう一度お母さんに会いたい、あの美しくてやさしかったお母さんに、ひと目でいいから、会いたくてたまらない、ぼくはお母さんが懐《なつ》かしくてたまらないんだよ、そういって絶え入りそうに泣く息子を、わたしはどういってなぐさめたらよかったのでしょうか。なぐさめるわたしの方が、胸もはり裂けそうなほど辛《つら》かったのです。お母さんは死んではいないよね、きっとまた帰ってくるよね、周囲の大人たちの態度から、なかばはそんなことはないに違いないと子供心に悟っていながらも、自分自身をなだめる如《ごと》く、そして父親のわたしまでをなぐさめいたわる如く、泣きながらそう言うやさしい智広に、ただ一緒になって泣いてやること以外、わたしにどんなことができたでしょうか。

あんたがいつまでもそのような半狂乱の有様では智広ちゃんが可哀想《かわいそう》だ、早くまともな生活に戻りなさい、そういって柳生の婆《ばあ》さんから諭されたのは、妻の失踪後二カ月ほど経ってからだったと思います。珠子さんのことはもうあきらめて、これからは珠子さんのと二人分の愛情を智広ちゃんに注いでやり、あの子を立派に育てあげるのがあんたの役目じゃろうと、柳生の婆さんはそう申しましたが、これは他の誰に言われたよりも説得力がありました。自分がそんなに早く立ち直れるとはとても思えませんでしたが、智広のために努力してみる、と、わたしは答えました。

で、家に戻り、わたしは智広と二人だけの生活を始めました。妻は着のみ着のままで失踪しましたから、家には彼女のものがすべて置いてあって、そういった品物のどれを見ても彼女を思い出させないものはありませんから、智広にはそれがずいぶんつらく、悲しかったようです。母が身につけていたものを見つけてはそれに頬を押しあて、大声で泣いたりするとまたわたしを悲しませることを知っていますので、眼にいっぱい涙を溜《た》めたままじっと思い出に耽《ふけ》っていることもしばしばでした。そんな智広がわたしは可哀想でなりませんでした。もし珠子の死がはっきりしているならば一緒に死んで母の傍《そば》へつれて行ってやりたいと思ったほどでした。ですから今だって、たとえば妻を交通事故で失った男が子供と心中したという新聞記事を読んでも、わたしはその男を笑う気にはなれないのですよ。

智広を家につれて戻りはしたものの、わたしはまだ、とても絵を描く気にはなれませんでした。柳生の婆さんが家事だの智広だのの面倒を見に来てくれるのをさいわい、酒を飲みに出かけては人と喧嘩《けんか》したりしておりまして、村びとたちは頼央がまた昔の酒乱に戻ったなどと言っていましたが、実はあれはわたしが立ち直ろうとし、妻のことを忘れようとするためのけんめいのあがきだったのです。それは半年以上続きました。

妻がわたしの前へ、わたしの夢の中という、いわばいちばん彼女にとって出現することの容易な舞台を借りて戻ってきてくれたのは、その年ももう終ろうとしている冬のことでした。それを妻といっていいかどうか、今でもわたしにはよくわからないのですが、わたしの夢を借りて登場したその存在が、以前はわたしの妻であったことがはっきりしている以上は、まあ、しばらくは妻と申しておきましょう。

彼女はひとつの気配として眠っているわたしの心に侵入してきました。それが以前の妻の形をとっていなくても、その気配が妻のものであることは、わたしにははっきりしていました。喜びのあまりわたしは何度も、何度も妻の名を呼びました。そして彼女のなつかしい、いつも彼女が漂わせていたあの甘い香りとやさしい雰囲気を胸いっぱいに吸いこみました。ただその気配だけで彼女はわたしに、自分がまだ存在していることを伝えたのです。そしてわたしは彼女の存在を、眠っている間だけではなく眼醒めてのちも確信することができました。それは今までに見た数多くの妻の夢とははっきり違っていて、わたしの願望があらわれただけというものではなく、妻からのメッセージであることが確かだったからです。

彼女からのメッセージはことばによってではなく、わたしの心に直接、直感として伝えてくるていのものでした。したがってそれは、ある意味でことばよりも明確ではあったのですが、反面それはことばとして再現しにくいものが大部分でした。読心能力者であるあなたに、わたしの心をお読み下さいと申しあげたのはこのところです。

といっても最初のうちはわたしにさえ、妻の伝えようとしていることが完全には理解できませんでした。妻の、いや、その時にはもうもとの妻ではなくなっている彼女の、考えかたというか思考の形態というか、それが以前の妻のものとはあまりにもかけはなれて異質だったからでもありますし、伝えようとしている内容がおそろしく巨大な、ふつうの人間の想像を絶するほどの巨大なものでもあったからです。巨大といっても、それがそもそもどれほどの巨大さを持っているのかも、平凡な人間であるわたしにはなかなかわかりませんでした。ですから妻のメッセージを理解できるようになるまでには幾晩もかかりました。そうです。妻は最初やってきてくれたその夜から、ほとんど毎晩のようにわたしのところへやってきて、わたしに語りかけたのです。

しかし、妻がわたしに伝えようとしていることと、わたしがいちばん知りたく思っていることとの間には、なぜかどことなく食い違いがありました。わたしが知りたく思っていることというのは、もちろん、妻がいまどこで何をしているのかということで、その次は、なぜわたしたちの前から姿を消したのかということでした。たしかに妻はわたしのその問いに答えてわたしの気持を安らげようとしているようでした。そもそも妻がやってきたのは、わたしの半狂乱の有様を哀れに思い、わたしの心をふたたび絵に向けさせるため、自分が死んでしまったのではないことを伝えてわたしを安心させるためだったのです。それははっきりしています。でも、その妻の伝えようとしていることはなかなか理解し難く、たとえどうにか理解できてもわたしを大きくとまどわせるようなものでした。

今、どこにいるのかというわたしの問いに妻は、いつもわたしや智広の傍にいる、と答えました。今までは「存在の形態を変えるため」わたしたちから離れていなければならなかったが、これからはずっとわたしたちと一緒にいて、わたしたちを見守り続けるだろう、というのです。ことばとして伝えられたものではなかったため、たったそれだけのことを知るにも時間がかかりました。そしてまた、それを知ることができたからといって、わたしはそれで納得するわけにはいきませんでした。わたしはけんめいに彼女に訴えかけました。お前がそんな空気のようなものであってはいやだ。そんな霊魂だけのような存在ではいやだ。わたしはなま身のお前に会いたい。美しい微笑を浮かべた、やわらかな肉体を持つお前でなければいやだ。泣きながらわたしは、毎夜そう叫んだものです。しかし妻はいつも、そんな必要はないだろうといったような答えを返してくるだけでした。彼女にはわたしのそんな願望を理解できなかったのではないかと思います。それはつまり、彼女の存在があまりにも巨大でありすぎるため、平凡なひとりの男が、愛する女の現身を求めるといった卑小な願いはまったく無意味に思えたのではないかと推測できるのです。なぜ姿を消したのかという問いに対する彼女の答えは、これまた茫漠《ぼうばく》としていました。ただ、失踪《しっそう》が彼女の意志でなかったことだけは、はっきり教えてくれました。わたしに理解できなかったのは、妻は今では、彼女が現在の「存在形態」とやらに変ったことを、むしろよかったと思っているらしいことでした。わたしは驚きました。そして当然、気が小さくて独占欲だけは強い平凡な男であるわたしが次に質問したのは、いったい、そのように考えているお前は、今でもわたしを愛しているのかということでした。すると妻は、突然、わたしへの愛情をそのままわたしの心に送りこんできたのです。

どう申してよろしいか、ちょっとわかりませんが、読心能力がおありのあなたにはどうにか理解していただける筈《はず》です。そうです。言葉や形象によらぬ、「愛する心」そのものをわたしに示してくれたのです。最初、わたしは驚き、次に感動しました。それほどまでに妻のわたしへの愛が、わたしの妻への愛に勝る大きく深いものであったということを、わたしはその時初めて知ることができたのです。ことばだの態度だのだけでは示すことのできない「愛する心」そのものの性質、強さ、深さなどを愛する人の心からおのれの心へ直接教えられたしあわせな男が他にいるでしょうか。

わたしの心の深淵《しんえん》にどのようにして刺戟《しげき》をあたえたのか、妻がわたしの創作衝動を触発してくれたおかげで、わたしはまた絵を描こうという気になることができました。考えてみればわたしという人間は、珠子が心の支えになってくれていないと絵も描けないなさけない男でした。しかも今度は、わたしのこれから描く絵はすべて画壇で評判になるような傑作ばかりになるであろうという予言めいた妻のメッセージによって、はじめて描く気になれたのですから、まったくなさけない話です。むろんそのような予言にわたしは半信半疑でしたが、妻のことばを信じてやらなければ、彼女がまたどこかへ行ってしまいそうな気がしたためもあり、そうすることがせっかく戻ってきてくれた妻の愛に報いることであるとも考えて、気力をふるい起して絵筆を握ったのです。

だけどやはりわたしは、妻がわたしの夢の中にしか出てこない存在であることに不満でした。わたしは妻に、彼女がこの世に厳として存在しているのだという証拠を見せてくれと強く要求しました。妻は納得したかに思えるサインをわたしの心に送ってきました。そのサインによってわたしは、彼女が突然昼間わたしの眼の前へあらわれず、まず最初夢の中にあらわれたのは、わたしを驚かすまいとしたためであることを知りました。

眼醒《めざ》めてから、わたしは不安になりました。彼女がわれわれ人間にはとても考え及ばないような存在、しかも一定の形態を持っていない存在であるとすれば、いったいどのような出現のしかたをするのだろうかという、恐ろしさと好奇心の入り混った不安です。予告なしに突然出現すればわたしが驚いただろうというのですから、それが常識的でまともなものである筈はなく、だからこそ不安だったのです。

その日の午後の二時ごろだったでしょうか。わたしはひとり、川の上流にある林の中の渓流に向かって、川岸の砂地に画架を立て、キャンヴァスに絵筆をふるっておりました。それが起ったのは突然でした。何かが起りそうな予感がすると同時に、あたりが急に暗くなって、空の、そう、まさに天の一角からといっていいと思いますが、異様に輝く渦巻き状のものがどんどんこちらへ近づいてきたのです。そのあまりにも非現実的な現象はわたしをすっかりおびえさせました。それはもう、一瞬自分の死を確信したほどの恐ろしさでしたよ。わたしはしばらく、声もなくすくみあがっていましたが、やがてその星雲のように見える渦巻きが周囲の風景を消し去るほど強く輝いてわたしを包みこんだ時、それが他ならぬ妻であることを悟ったのです。

光の微粒子がわたしを取り巻き、ぐるぐるまわり続ける中で、眼がくらむのに耐えながらわたしは何度も妻の名を呼びました。これがお前の姿なのか、本当にこれがお前なのかと、なかば信じられぬ思いにうたれてそう訊《たず》ねたようにも思います。妻が、そのような荘厳《そうごん》な現象となってあらわれるとは思ってもいなかったからです。まったくそれは荘厳そのものでした。

夢の中の淡い接触とは違って、覚醒《かくせい》しているわたしと、わたしを取り巻いている妻とのやりとりは、すべてにわたってはるかにはっきりした問答でした。妻はわたしの問いに、違う、と答えました。これは自分の仮の姿だ、というのです。夢の中でも教えたように自分には実体がないのだ、だから自分の力を示すため、空間の一部を縮小し歪曲《わいきょく》した形態をとって出現したのだ、と、そう申しました。ではあなたは、と、わたしは訊ねました。その巨大な力を眼の前にしては、もはや「お前」だとか「珠子」だとかいう呼びかけはできなくなっていたのです。ではあなたは、わたしの行くところへはどこにでもあらわれることができるのか、という問いに、彼女は答えました。どこにでもあらわれるのではなく、わたしはどこにでもいるのです。わたしは果てしなく拡《ひろ》がっている存在なのですから。

そんな巨大な存在をわたしは想像することができませんでした。わたしはふたたび、あの、夢の中で彼女に向かって最初にした質問をくり返しました。あなたはいったい、どういう存在になってしまったのか。なんとか、わたしに理解できるようなことばで教えてもらえないだろうか。

宇宙には秩序がある、と、彼女は申しました。たとえどのように無秩序であるように見えてもそれは微小な各生物の立場から見た判断であって、宇宙全体にとってはやはり秩序なのだ。そして自分はその秩序を司《つかさど》っている存在だ、と、そう彼女は答えたのです。そうそう。あなたはいみじくも心の中で彼女のことを「意志」と名づけておられたそうですね。いえ。驚かれるには及びません。彼女には見透《みとお》しなのですよ。そうです。まさに彼女は宇宙に君臨する意志、即《すなわ》ち「宇宙意志」だったのですよ。

そう聞かされた時のわたしの驚きをご想像ください。つまりそれは全知全能ということではありませんか。さらに、どこにでもいるということは「遍在」ということであり、つまり彼女は、わたしたち人間が大昔から熟知している「神」の概念に近い存在と化していたのです。

つい数カ月前までわたしの妻であった珠子が、いえ、珠子という人間であった存在が、わたしが夢にも想像できなかったようなそんな巨大な、しかも実体のない存在に化していたという事実は、わたしを茫然とさせてしまいました。わたしはふたたび、妻が最初わたしの夢に登場した時以来わたしにつきまとって離れなかった考え、つまりそれは、自分は長いながい夢を見ているのではないかとか、自分は狂気に陥ったまま妄想の世界で生活を続けているのではないかとかいった思いにとらわれてしまったのです。妻が宇宙意志に化したなどというとんでもない現実よりは、夢や狂気の方がよほど話として納得できる想像でした。しかし夢や狂気が、光り輝く渦状星雲に仮の姿を借りた妻に取り囲まれている時のあの至福感を味わわせてくれたでしょうか。

はいそうです。あれこそ至福感といえるものではなかったかと思います。大宇宙すべてを包含する存在に愛されているという自覚以上の至福感がありましょうか。宇宙意志あるいは神といった途方もなく荘厳で巨大な存在が、この大宇宙に生きる他のどのような生命体に対するよりも大きな愛をわたしに注いでくれているのです。わたしはその愛を一身に集めているのです。そして彼女はそれをわたしにはっきりと自覚させてくれました。身も心も光の渦の中に投げ出したわたしは、ただもう陶然としてその幸福に酔っておりました。

智広にも、と、わたしはうっとりとして光の渦に浸りながらもそう呟《つぶ》やきました。智広にもこの無上の至福感をあたえてやってほしい。あの孤独な子の胸にもこの喜びを味わわせてやってもらえないだろうか。わたしはあの子が可哀想《かわいそう》でたまらないのだよ。あの子はあなたに会いたがっているのだ。

しかし彼女はこう答えました。あなたと同じぐらいわたしは智広を愛している。しかし智広にはわたしという存在がとても理解できないだろうし、今智広にわたしの存在を教えることはよくない。智広はこれから独立した人格を形成しいずれは単身で社会生活を営んでいかなければならないのだから、わたしが背後でひそかに彼を保護していることはできるだけ彼から隠しておくべきである。やがては彼も成長していく過程のどこかでわたしの存在をうすうす感じるようになるであろうが、普通の人間が彼を見て人格的ないびつさを強く感じたりすることのないよう、それはできる限り、彼が成人に近づくまで明らかにすべきではない。あなたもそれを守るように。

宇宙の秩序を司っている存在に対して異を唱えることはできませんし、彼女のいうことに間違いのある筈はありませんでした。なにしろ彼女はかつて智広のことをいちばんよく知っている母親であり、今は万物の未来を決定できる存在なのですから。それにどうやら彼女は、以後ずっとわたしや智広を見まもり、保護してくれるつもりでいるようでした。智広を一人前に育てあげることなどとてもできそうにない生活無能力者のわたしにとって、これほど喜ばしいことがあるでしょうか。異を唱えるどころか、それはまったく願ってもないことでした。

至福感に浸りながらもわたしには、もっと彼女にいろいろ訊ねたいことがあった筈だというどことなく切迫した気持がありながら、それ以上何も訊ねることができませんでした。また、その時のわたしが、たとえばなぜあなたが、他でもないわたしの妻であり珠子という名のひとりの女性であったあなたが、宇宙意志などというものにならねばならなかったのか、あるいはなり得たのかといったようなことを訊ね、彼女がそれに答えてくれたところで、それを理解することはとてもできなかったでしょう。

やがて光の渦の輝きはわたしの周囲から遠ざかり、収縮する星雲の姿となって彼方《かなた》へ去って行きました。妻であった女の仮の姿に過ぎないことを知りながらそれはわたしの眼には、気のせいかひどく悩ましげに映り、まるで彼女がわたしから離れ難く思っているかのように感じられました。しかしわたしはもはや、眼醒めている時のわたしの前にもわたしが望む時は必ず彼女が仮の姿でやってきてくれることを悟っておりましたので、引きとめようとはしませんでした。事実それ以後幾たびか彼女はわたしの前にその仮の姿であらわれましたが、遍在している彼女に対して仮の姿をとってくれるよう乞《こ》うことがさほど意味のないことだと知って以後、出現を、わたしは彼女に願わなくなりました。

　それでも何度か覚醒時に彼女に会い、同じことを根掘り葉掘り問いただしているうちに、全知全能の彼女から見れば微生物並みともいえる愚かで単純なわたしにも、どうにか彼女についてのさまざまなことがわかってきました。むろんすべてがはっきり理解できたわけではありません。そのほとんどは人間の理解の限度を越えるものでした。しかしそれを、わたしの貧弱な語彙《ごい》を駆使し、無理やりことばで表現しようとするなら、およそ、こういったことになるでしょうか。

　古い地質時代にまで遡《さかのぼ》ることのできる何億年とも何十億年とも知れぬ長いながい年月、宇宙の秩序はある単一の宇宙意志によって保たれてきたのだ、と彼女は申しました。それ以前がどうであったのか、混沌《こんとん》とした宇宙の創成期には秩序がなかったのか、あるいは秩序がやはり何ものかの手によって保たれていたのか、それは不明だそうです。また、その意志がどうして宇宙に出現したのかも不明ですが、その強い個性から想像するに、やはりそれはあくまでひとつの個体から発生し、宇宙全体を包みこむまでに膨張したのであろうことは確かだそうです。

その意志の、宇宙の秩序を司るための強靱《きょうじん》な精神力と確固たる個性は、もともとそうであったのか、あるいは長い年月太極に存在したための必然からか、あきらかに男性のものであったと申します。おそらくは後者であったのだろう、と彼女は申しましたが、それはつまり太極存在としての精神力や個性は次第次第に一定の論理の方向へ近づかざるを得なくなってくるからだ、というのですが、もちろん論理と言いましてもわれわれの言う論理とは数段階上の論理レヴェルのことでして、それにはたして論理などということばを当てはめてよいものかどうか、わたしには考えることもできません。で、彼女がなぜそう悟ったかと申しますと、並行的に存在する他の宇宙の超絶対者的存在がすべてそうした傾向を持つからだと言うのです。さあ、ここまで話が大きくなると、とてもわたしなどの考え及ぶところではありません。他の宇宙というのは、このような宇宙が他にもあるということなのでしょうか、それとも多元宇宙理論とかで申しますす可能性としての無限の並列的宇宙のことでしょうか。一応の答えはその際彼女から得た筈ですが、わたしにはとても理解できなかったのでしょう。いまだにその一部分さえ思い出すことができません。

超絶対者としての男性的な論理によって司られていた秩序が、まさにそれ故《ゆえ》に宇宙のあちこちで破綻《はたん》し、その破綻が拡がりはじめたために今度は意志力が疲弊し、それがそもそも、新しい宇宙の意志としての珠子という女の個性が古い宇宙意志より認められ注目されるきっかけとなったのです。珠子という女の個性と精神力は、新しい宇宙の秩序を作りあげて軌道に乗せ、さらに破綻を繕うという大任を果たすにもっとも適しているという宇宙意志の決定があり、それによって彼女は召されたのです。

なんということでしょう。彼女の失踪の原因がさまざまに取り沙汰《ざた》された中で、わたしが最も軽視した意見こそ、いみじくも「神隠し」と表現した村の老人どものそれであり、そしてそれこそがまさに最も真相に近い考えであったとは。

全知全能としか思えない存在に論理の破綻や疲弊などという現象があり後継者を求めるなどといった人間臭い行為があるのは、意外としかお思いになれないでしょうが、これも無理やりことばを使ったための不自然さであることをご諒解《りょうかい》ください。また、宇宙の超絶対者というからには、宇宙ということばの字義通り、空間としての宇宙と時間としての宇宙の両方を司っている筈で、時間を支配できるからには多少の破綻など簡単に糊塗《こと》できるだろうとお思いでしょう。これも彼女によりますと過去の可変性、未来の可塑《かそ》性を持つだけでは修復不可能な破綻もあり得ると申します。それがどのようなものかは、むろん人間ごときにわかりっこないのでしょう。まるっきり理解できず、今でもさっぱりわからないのは、わたしの妻であった珠子という女の肉体はどうなってしまったのかということでした。消滅したのかと聞くといったんはそうではないと答え、しかし、消滅したと思った方があなたにはわかりやすいであろうという返事でした。現在の彼女の実体というのは宇宙全体を包みこんでしまっていて、たとえば以前の彼女の細胞のひとつひとつがこの銀河系に相当するほどの大きさになってしまっている以上、それを実感できない地球に住む一生物のわたしにとっては、もはや消滅したも同じことになるのでしょう。だからこそ最初彼女は自分が実体のない存在であるとわたしに告げたのです。ただ、かつて彼女の肉体を構成していた細胞のひとつひとつが、すべて彼女の個性や精神力と分離不可能な有機的関連を持つ以上、それは実際には断じて消滅したのではないということでした。

失踪《しっそう》してからわたしの夢にあらわれるまでの間、彼女は宇宙全体に遍在するためその全意識を触手のように伸ばしつつあったのだと言いました。意識といいましても潜在能力の何千万分の一ぐらいしか顕在化できぬわれわれのそれとは違い、潜在意識などがすべて顕在化された膨大なものだそうです。と同時に彼女は古い宇宙意志から太極存在としての段階の論理を学んでいたようです。学んだというよりは古い宇宙意志と合体し、その論理を彼女の一部にとりこみ、より高レヴェルの論理を作りあげた、といった方がいいかもしれません。超絶対者は単一の論理を持たねばなりませんから、新旧両絶対者の並存はあり得ないのだそうです。

しかしわたしは、やはり煩悩《ぼんのう》に明け暮れる気の小さい平凡なひとりの男に過ぎませんでした。そのように荘厳な存在となった彼女よりは、現身のままで傍《そば》にいてくれ、いつでも抱くことのできる妻としての彼女の方が、どう考えても望ましかったのです。彼女の眼にわたしはきっと、愚かな聞きわけのない駄々っ子として映ったことでしょう。そう。まさにわたしは彼女に対して駄々をこねたのです。あなたを抱きしめたいのだ。夜ごと愛しあったあの頃のあなたの柔らかな肉体が今も欲しいのだ。わたしは卑《いや》しい欲望を持つ人間の男なのだ。わたしの燃えさかる男としてのこの欲望を、いったいあなたはどうやって宥《なだ》めてくれるつもりなのか。

超絶対者としての、いいえ、神としての彼女に対しわたしはなんという不敬な願いをかけ不敬な望みを抱いたことでしょう。しかし彼女は怒りませんでした。今や超絶対者となった彼女にも人間であった過去の記憶があり、それ故にこそ微小なひとつの生きものとしてのわたしの悩みも理解してくれたのでしょう。

その夜、わたしの肉欲が今までになく激しい昂《たか》まりを示したその夜、彼女はわたしと愛しあってくれました。いや。彼女が一方的にわたしを愛してくれた、と言った方がいいでしょう。処女であるあなたにこのようなお話しを申しあげるのはたいへん失礼なことであり、ご迷惑なことかもしれませんが、わたしの最も異常な体験としてこのことをお話ししない限り、すべてをお話ししたとはとても言えないように思いますのでお聞き苦しいでしょうがご勘弁ください。また、いかに相手が超絶対者であり神の如《ごと》き存在であるとしたところで、性愛に類したこのようなお話しをすることばには、そもそも低劣に感じられず卑猥《ひわい》にわたらないことばというものがありませんので、たいへんなまぐさい表現になってしまうこともお許しください。

わたしは彼女が肉体を持っていた時と同じように彼女を抱いたというわけでは決してありませんでした。逆に彼女が一種の、官能に満ちた雰囲気でわたしを包んでくれたのです。それはもう、言葉だけあって実体のない「官能」というもの、それ自体でわたしをくるんでくれたといっていいでしょう。それがどのようなものであったか、性愛に類する体験のおありにならぬあなたにはもちろん、人間の誰にも感じることも想像することも不可能な快美感でした。ああ。全宇宙との抱擁、神との媾合《こうごう》、誰にそのようなものと似た体験が可能でしょうか。そのすばらしさを語ることばを誰に考えられましょう。ただの数秒間で茫然《ぼうぜん》としてしまうほどの男性の絶頂時に感じるあの快美感が何分も何十分も続いたのです。わたしはその甘ったるく重苦しくやや陰鬱《いんうつ》で寂莫感《せきばくかん》のある粘っこい男性の快美感を死ぬのではないかと思うほど全身で感じ続けたのです。よく官能的で露骨な描写をする小説家の常套句《じょうとうく》に全身が性器と化した如くなどという表現がありますが、文字通りその時のわたしは全身で、全身の細胞ひとつ残らずでその快美感を味わっていたのだと断言できます。具体的にはそれは手足のしびれ、血液の奔流、脊椎《せきつい》の溶けて行きそうな感覚、思考力の麻痺《まひ》、性器の怒張、灼熱《しゃくねつ》、射精などの現象としてあらわれました。幾度射精を行いましたかも自覚しておりませんが、不思議なことにはすべてが終ったあと、どこにもわたしが排泄《はいせつ》したものの痕跡《こんせき》は見出《みいだ》せませんでした。

その官能は、しかしあくまでわたしが、わたしの妻であった頃の彼女から得られたのと同じものでした。あきらかに、他の誰でもなくかつて珠子であった女から得られたと同質のものだったのです。おわかりになっていただけましょうか。さきほど官能それ自体と申しあげたその雰囲気はまさしくかつての妻がわたしと抱きあっている時に発散させていたものだったのです。であったからこそわたしは、妻と別れて一年近くの間の孤独をいちどに埋めあわせようとして焦《あせ》り、来る夜も来る夜も彼女を求め続けました。わたしを慰め、愛してくれている間の彼女こそ、わたしがいちばん彼女をかつての妻として感じることができるからでした。彼女の方はといえば、そのような動物的な欲望など無いに等しい巨大な存在なのですから、すべてはわたしへのいささか面倒臭い奉仕だったに違いありません。しかしひとり寝の淋《さび》しさから毎夜彼女の愛を求めるわたしに、彼女はいつもやさしく応じてくれました。

全知全能の彼女にとってひとりの男の夜ごとの愛に応《こた》えるぐらいはごく些《さ》細《さい》なことだったと思うことができます。しかし一方わたしはと言いますと、そのような官能の極致ともいえる夜ごとの体験で体力を甚しく浪費し、数年後にはすっかり老《ふ》けこんでしまいました。彼女にとってはごく気軽な奉仕でも、それを受けとめるわたしにとっては当然のことながら常人以上の、非人間的なほどの体力が必要だったのです。彼女がわたしのからだのことを心配しているかのように思えたことも何度かありましたが、やはりわたしへの哀れみの方がより強かったのでしょう。それをよいことにわたしはいつも彼女に愛をねだりました。来る日も来る日も、索漠とした無味な昼間を呪《のろ》い、声甘くささやきかけてくれる甘美な夜を待ち焦《こが》れ、夜ともなれば彼女の情けをせびったのです。その結果が、もうおわかりでしょう、あなたも最初ご覧になった時はおそらく驚かれたことと思いますが、年齢不相応なわたしのこの老いぼれかたなのですよ。しかしわたしは、わたしのからだのことをまったく考えてくれなかったからなどといって彼女を恨んだりしていないのは無論のこと、わたしが本能の赴くまま夜ごと彼女との愛欲に耽《ふけ》ったことをいささかも後悔いたしてはおりません。

彼女がわたしに対して、わたしの妻であった時同様の奉仕をしてくれたように、彼女は智広に対してもまた、母親としての保護を怠りませんでした。いや。それはむしろ、わたしに対しては肉欲を持たぬ彼女の完全な奉仕であったのに反し、智広を保護することは過去に彼の母親であった為《ため》だけではなく、母性的な愛を万物に注ごうとする宇宙の超絶対者としての本能ででもあったのでしょう。でもそれにしては、智広やわたし以外の人間に対する彼女の行為は、特に智広に危害を加えようとする者に対しては、ひどく残酷に過ぎるような気がしました。神特有の残酷さ、とでもいうべきようなものが感じられ、これは彼女がわたしの妻であった頃にはあまり見られなかった点です。

たとえば智広のことを、母なし子といっていじめる子供たちがいました。子供というのは、特に農村の粗暴な子供たちにはそういった残酷さはごくあたり前のことだったのですが、彼女はこの子供たちに対して相当はげしい報復をしていたようです。報復、などというよりは、神様のことですから「罰《ばち》をあてる」とか「懲《こ》らしめる」とかいった方がいいのかもしれませんね。智広に向けて石を投げた子供に対しては、その子が本気で智広に石を当てようとはしていなかった場合でも、その石を空中であと戻りさせ、投げた子の頭へだいぶ強く当て返していたようです。智広に対してはやや過保護でややヒステリックなママ、という印象を、わたしは超絶対者になって以後の彼女から受けましたが、わたしがこう言えば今もこの話を聞いている彼女が、苦笑するでしょうか。それとも怒るでしょうか。しかし過去のさまざまな神話を思い出してみれば、昔から神といわれていた存在には、神が保護しようとしている者に対して害意を抱く人間への極端な荒あらしい無慈悲さがあるようで、これは神の特質かもしれません。全知全能とはいえ神にとって人間は微生物に等しい存在ですから、あまりこまかいところまで斟酌《しんしゃく》や手加減をしていられないのでしょうか。

ああ。そうしたことをあなたはすでにご存じだったのですね。過去、智広の周囲に起ったさまざまな、そう、あなたのいわゆる超自然現象を。あれはすべて彼女が智広を危害から守ろうとしてやったことだったのです。あなたは銅里村で、あの頃村一番の餓鬼大将だった男にも会われたそうですな。今は郵便局員をしているとか。あの男なども智広をいじめようとした罰でいちばん手ひどい報復を受けた哀れな人間です。跛《びっこ》になったそうですが、当時子供だったあの男は、智広に投げとばされて川に落ちたと大人たちに説明しておったそうです。そうとしか言いようがなかったからでしょうが、智広にそんな力がないことは皆が知っていますから誰も信じなくて、ただその子の父親だけが、もともとわたしと仲が悪かったせいもあり自分の子供が智広に跛にされたと言いふらしていました。ひどい目にあったあの子にしてみれば、真相を喋《しゃべ》ればますます皆が信じてくれない上、親にまで嘘《うそ》だと思われるでしょうから、さぞ歯がゆいことだったでしょうな。

他の事件でもそうなのですが、彼女は智広の周囲にしばしば起る超自然現象を世間が騒ぐことのないよう、そう、このことに関してだけはひどく慎重にあと始末などをいたしておりました。この場合は他に目撃者がいなかったためと、報復された人間というのがたまたま子供だったせいで、その子のいうことを誰ひとり信じなかったわけですが、それ以外の事件では、あなたもご存じの通り、関係者の記憶を失わせたり、時には騒ぎ立てるおそれのある軽薄そうな目撃者を抹殺する、などという極端な処置をとることもあったようです。

自分の身のまわりで起るそうした現象を、最初のころ智広はしきりに不思議がっておりました。なぜあんなことが起るのだろうとわたしに訊《たず》ねたこともあります。わたしはことさら胡麻《ごま》化《か》したり答えをしぶったりはせず、きっとママがお前を守ってくれているんだよなどと冗談めかして笑いながら、その実本当のことを教えておりました。具合のいいことにちょうど智広は自然現象と超自然現象の区別がつかない年齢でした。そういう不思議なこともあり得るのだろうと納得した様子で、ある時期以後は彼女があの子を守るためにあの子の周囲に起すちょっとした超自然現象を、いちいちわたしに報告することもなくなりました。むろんわたし以外の人間に喋ったりすることもありませんから、彼女の思い通り世間で騒がれる心配もなかったのです。ですからわたしはそれ以後ずっと最近に到るまで、よほどの事件でない限り智広がどのような超自然現象を体験しているのか、あなたほどにはよく知らないのですよ。ただし成長してからの智広には常識も備わりましたから、当然そうした現象の不思議さもよく自覚している筈です。わたしには何も申しませんが、わたしの想像ではおそらく、なんとなく自分が選ばれた特別な存在であることを意識しはじめている筈で、これもあなたの方がよくご存じと思いますが、そうではございませんかな。そしてまた、培ってきた常識ゆえに、それが他人に喋ったり他人から騒ぎ立てられたりしてはならぬ種類の現象であることも、充分承知している筈《はず》です。

話を戻しますが、一方その頃のわたしは、彼女に励まされて描いた絵が次つぎと大きな展覧会で入賞したり、高価な値で買われていったりすることに、驚きながらも一種のうしろめたさを感じておりました。以前の自分の絵に比べてさほど進歩したとも思えぬ絵が、そんなに突然高い評価を受ける筈はなく、これはあきらかに彼女が審査員だの買い主だのの心理を操っているに違いないと、おぼろげながらもそう悟ったからです。実際には彼女は、見る人すべてにある種の感動をあたえるような効果を絵そのものに施していたわけで、このことはしばらく経《た》ってから美術評論家たちのわたしの絵に対するいくつかの発言をいく度か読み返しているうちに不意に気づいたものです。この時の気持たるやまことに索漠たるものでした。

お察しください。いくらせいいっぱい、わたしなりにいい絵を描いても、常に本来の価値ではなく後から附加された価値によって賞讃《しょうさん》されるのです。いくら褒められ、いくら絵が高い値で買われても、それはわたしの才能とは無関係なのです。それを知りながら尚《なお》も絵を描き続けなければならぬ空《むな》しさを。

人気が高まるにつれてわたしの周囲には画商や後援者が集ってきました。その人たちから乞《こ》われるままわたしは次つぎと新しい絵を描き続けましたが、心はうつろでした。だからといって投げやりに描く、などといったことはなく、わたしはあくまで自分に誠実に、力いっぱいの絵を描き続けました。しかしわたしの絵を褒める人たちに、わたしの描きたかったこと、わたしの努力が、どれほど理解してもらえたでしょう。名声を得ることができても、少しも嬉《うれ》しくありませんでした。虚名。そうです。わたしの場合ほど虚名ということばがぴったりたりする例は他にありますまい。ですから、いくらちやほやされようがわたしは不満だったのです。でも考えてみますとそうした不満は、もともと才能がなかったわたしにとって分不相応な不満だったのではありますまいか。本来のわたしはそのような名声を望んだところで得られる筈のない人間だからです。その名声が本当の名声ではないことに不満を持ち、しかも画家としての、芸術家としての誇りを持っているのであれば、きっとわたしはそれ以上絵を描くべきではなかったのでしょう。しかし貧乏なわたしにとって、絵が売れるたびに得ることのできる巨額の収入にはたいへん魅力がありましたし、またそれは智広の教育のためにも必要だったのです。

生活が豊かになり、貯金もふえました。しかし金が入ってくるたびに感じるうしろめたさにはいつまでも悩まされ続けました。今でもまだ、とても正当とは思えない巨額の収入にわたしは馴《な》れることができないのですよ。これは本来の価値以上の値段で絵を売って得た金だ。したがってこの金を自分のものにするのは詐欺《さぎ》に近い行為なのではないか。そのような思いが常につきまとって離れないのですよ。最近ではわたしは、これは彼女が、智広を立派に育ててくれるようにといってわたしに託してくれた教育費なのだと、そう思うようにしています。いわば、とても子供にいい教育を受けさせられるような経済的能力のないわたしへの神の恵みなのだと。事実その通りではないでしょうか。才能のないわたしなどにそれほど巨額な収入があるなど、いかにそれが超絶対者の意志とはいえ不公平に過ぎましょう。それに比べて珠子という立派な女の血をひいた、いわば神の申し子ともいえる智広の人間形成に使われてこそ値打ちのある金ではありますまいか。

実際、智広の教育について彼女は熱心でした。優秀な教職員が多く、たいへん教育熱心だという評判の高いこの町の小学校に智広を通学させるよう示唆《しさ》したのも彼女ですし、小学校に通学しやすいこの町のこの住居へ引越すようわたしに命じたのも彼女です。さらにその時にはすでに、名門校といわれるこの市の湖輪中学、手部高校へ次つぎと進学させる腹案が当然彼女にはあったのでしょうね。そうなのです。智広に関した彼女の行為からは、今のことばでいう教育ママ的な匂《にお》いがするのです。でも昔から、孟母《もうぼ》以来賢明な女性には必ず教育ママ的な素質があった筈ですし、現在のこの教育ママの氾濫《はんらん》ぶりも珠子という女のものであった人格によって宇宙の論理が女性的なものに変ってきた証拠なのかもしれません。

絵の入選だの受賞だのが続いたためにたった一年ほどでわたしはいささか裕福に

なり、智広が小学校に入学するほんの二、三カ月前、彼女がわたしに命じるままわたしと智広は手部市のこのマンションに引越してくることができました。それまで住んでいた文化住宅は親との別居を望んでいる村の新婚夫婦に安く売り払いました。それ以来あの村へ一度も帰っていないのは、いやな思い出があまりにもたくさんあるからで、村の人に会えば必ずわたし自身の醜く汚れた青春時代の記憶を否応《いやおう》なしに蘇《よみがえ》らせられて自己嫌悪《けんお》に苛《さいな》まれるからです。珠子とのことだけは楽しい思い出として蘇ることでしょうが、彼女とは今でも会えるわけですからね。

ああ。柳生のお婆《ばあ》さん。あの人にだけは会いたいですね。どうしていましたか。元気だったでしょうか。わたしも会いたいし、彼女の方でも、もしわたしが智広をつれて行けば喜ぶことでしょう。しかし彼女に会うというだけのために銅里村に帰る気は、わたしにはまったくないのです。柳生のお婆さんにも、おそらくもう二度と会うことはないでしょうね。

智広は小学校に入り、さらに中学、高校と、順調に成長しました。なにしろ彼女に、つまり超絶対者に見守られているのですから、わたしとしてはこれ以上安心できることはありません。ええ、わたしは智広のことで心配したことは一度もないのですよ。珠子に似てもともと頭もよかったのでしょう。成績はいつもクラス一、学年一という優秀さでした。彼女に見守られているために間違いや失敗を犯したことが一度もなく、そのためか最近では選良意識のようなものを持ちはじめているようで、これがいささか気になります。でももともと心のやさしい子ですから、社会に出ても、多少誤解されることはあるかもしれませんが、ひとから憎まれたり嫌われたりするようなことは滅多にないでしょう。

母親のことは今でもよく思い出し、写真などを見ては懐《なつか》しんでいるようですね。心の中で美化し、神聖化してしまっているらしくて、思春期に入ったばかりの中学生時代、一度わたしに、ママのような女の人はきっともうどこにもいないのではないか、などと言ったことがあります。きっと母親のイメージを、周囲の若い娘たちと比較したのでしょうな。その結果、特に高校に入ってからは、同級生の娘さんたちからはたいへん人気があるにかかわらず、その子たちを自分の周囲へ寄せつけたことは一度もありません。エディプス・コンプレックス、というのですか。あの、心のやさしい子に似あわず、言い寄ってくる女の子たちをずいぶん冷くあしらったり、手ひどくはねつけたりしているところを見かけたことがあります。もしかするとあれは、教育ママ的な彼女が、ガール・フレンドは好ましくないというので智広の心に特に女性への警戒心を植えつけたのかもしれません。またその中には幾分か、息子に近づこうとする女性への、母親としての嫉妬《しっと》も混っていたでしょうか。ええ、嫉妬です。西欧の神話などに出てくる女神にはよくあることでしょう。いやいや。どちらにせよわたしは、おそらく彼女が智広の対女性感情を操っているに違いないと思っております。いくら母親のイメージが強烈に残っていたにしろ、あの年頃の男の子に女性への関心がまったくないとはとても思えませんからね。

あなたの場合は例外です。例外といってもどう例外なのか、あなたと智広が親しくなるがままにされている、いや、むしろ意図的に親しくさせている、といった方がいいのでしょうが、その彼女の意図がわたしにはつかめないのですよ。

あなたのことは、あなたが智広と親しくなる以前から彼女によって教えられていました。もうすぐ、お前や智広が常人とは違い巨大な意志に守られた存在であることに気づく女性があらわれる。その女性もまた常人ではない。他人の心を読み取れる読心能力者である。この女性は智広と親しくなるであろうが、心配することはない。この女性がお前や智広の秘密を他に明かすようなことは絶対にないから安心するようにと、まあ、そういったことを彼女はわたしに教えてくれたのです。さらにまた、この女性はお前たちの秘密を知りたがり、お前たちの過去を調べようとするだろうが、彼女に対しては何ひとつ隠しだてする必要はないから、知りたがることはすべて教えてもかまわない。自分も、彼女が智広と愛しあうようになる意識操作を双方に対してほんの少し行う以外は、彼女が真相を知る過程での邪魔を何ひとつやらぬつもりであると、そうも申しておりました。だからあなたはお気づきでしょう。わたしの絵が、世評に反してひどく拙《つたな》いものであることを。その他、ほかの人びとが気づかぬことも何度か意識され、だからこそそれらの人たちの心理を操っている巨大な意志の存在を悟られたのでしょう。

彼女がわたしに教えてくれたのはただそれだけでした。そのうち智広の夜遊びが始まりましたので、わたしは智広の前にいよいよあなたが出現なさったことを悟りました。いえ。お詫《わ》びには及びません。あなたが智広を誘惑したなど、そんなことはこれっぽっちも思っておりませんよ。あなたがそんな悪い女性であれば、わたしや智広はともかく、そもそも彼女が智広をあなたの傍《そば》へ近づけなかった筈ですし、智広があなたに夢中になったのもなかば彼女の意志なのですからね。

でも、彼女の意志がなくても、きっかけさえあれば智広はいずれあなたを愛したのではないかと、そんな気がいたします。いかなる美貌《びぼう》の女性にも関心を抱かなかった智広ですが、あなたの人柄を知るにつれ智広はますますあなたを深く愛しはじめているようですからね。最初のうち智広は、あなたがママに似ているので驚いた、などとわたしに申しておりました。勝手にふくらませた母親のイメージをいくつか歳上《としうえ》のあなたにあてはめたのでしょう。エディプス・コンプレックスの強い男性にはよくあることだと申します。今日はじめてお眼にかかってわたしもそう思ったのですが、たしかにあなたは珠子に似ておいでです。無論あなたの方がずっと都会的で、現代的に洗練された美しさを身につけておいでですがね。

しかしまあ、ご安心ください。今では智広は、母親のイメージとあなたを別べつに捉《とら》えています。父親であるわたしにはよくわかるのですが、幼いエディプス・コンプレックスから脱《ぬ》け出たらしくて、あなたをすでにひとりの独立したすばらしい個性の女性として恋しています。さらにまた男としてあなたを、美しい肉体を持つ若い女性であり、自分の独占欲の対象でもあると考えているようです。この点でまた、わたしとしては彼女の嫉妬がいささか心配なのですが、でも彼女にしたって智広の男性としての成長は望んでいるでしょうから、文句はありますまい。あなたを選んだのはなかば彼女なのですからね。彼女の意図がどうであれ、彼女があなたほど智広の恋人としてふさわしい女性はいないと判断したことは確かなのですから。そしてわたし自身も今はそう思っています。おやおや。これはあなたのお考えも聞かず一方的に失礼なことを申しあげてしまいました。わたしからお願い申しあげます。どうぞ智広を愛してやってください。独立した人格を持つあなたに対して、今はこれだけしか申しあげられません。どうぞお察しください。

七瀬が頼央の住むマンションから、ふたたびなだらかな坂道に出た時、陽はすでに大きく傾いていた。高級住宅地の道路に、あいかわらずひと影はなかった。

マンションに入る前と今とでは、世界は七瀬にとってまったく違ったものになっていた。頼央の心の中に次つぎと浮かぶ巨大な、奇怪な、荘厳《そうごん》なイメージをなまなましく感じ取ることのできた七瀬にとって、頼央が偉大な嘘《うそ》を、とてつもなく大がかりな嘘をついたに違いないと考えて気をまぎらせることはとてもできなかった。まして頼央を気ちがいだと笑いとばすことなど、自分の精神感応能力を信じる七瀬には尚さらできなかった。誇大妄想の気配は頼央の意識からいささかもうかがうことができなかったのである。頼央の話が真実であることを信じることのできるただひとりの人間は七瀬であった。それを知っていたからこそ頼央も、嘘だとか気ちがいだとか思われることを恐れず七瀬に話すことができたのであろう。

頼央から得られた多くのあまりにも異様な事実、いや、思いがけぬ現実というか宇宙の真相とでもいうべきか、それをたっぷりと反芻《はんすう》しその中に置かれた自分の立場を七瀬が公平に見さだめるためにはだいぶ時間がかかりそうであった。それよりも、さしあたり気になるのは頼央が最後に言ったことばである。「彼女」はなぜ七瀬を息子の恋人として選んだのか。自分が本当に「彼」の恋人としてふさわしい女性かどうか、七瀬にはわからなかった。むろん「彼」が自分以外の女性を恋人にするなど、考えるだけで嫉妬に心が燃え、身をよじりたくなるほどの苛立《いらだ》ちを覚えるのであるが、それとは別に冷静な心で考えてみれば、まず第一に、自分が「彼」より歳上であるという、ふつうの常識的な人間なら恋人同士として不釣合いと考えるであろう事実がある。しかし「彼女」は人間ではなく、人間の常識などとも無縁であろう。きっと「彼女」にとって年齢の差などたいしたことではないのであろう。

七瀬は考え続けた。もし自分のような精神感応能力者《テレパス》ではなく、常人の女性が「彼」の恋人になったとしたらどうであろうか。その女性はいずれ「彼」の身のまわりに起る超自然現象に気づくであろうが、その場合、自分ほど冷静でいられるだろうか。たとえ騒ぎ立てるようなことなく表面冷静を保ち得たとしても、それを誰かに喋《しゃべ》りたくなるのではないか。あるいは全知全能のうしろだてがついている「彼」を利用したくなるのではなかろうか。その点自分であればむしろ、世間に対して自分の能力をひた隠しにしていると同様、「彼」の背後にいる「彼女」の存在も世間に気づかれぬようけんめいに気を配ることであろうし、今はもう「彼女」の巨大な実態を思い知らされているから利用しようなどという思いあがったことを考えたりする筈《はず》もない。自分が「彼」の恋人としてふさわしいというのは、そういった意味であろうか。

さらに七瀬は、教育ママ的である「彼女」がなぜ大学受験を目前に控えた今、あきらかに勉学の邪魔になる恋人を「彼」にあたえたのかを考えた。単に「彼」の性欲を処理させるためであろうか。その方がかえって「彼」の勉強に都合がよいと考えたからだろうか。そう考え、七瀬は愕然《がくぜん》とした。自分は「彼」の性欲のはけ口なのだろうか。

そうではない、と、七瀬は冷静に戻ってかぶりを振った。そう考えたくないからというだけではなかった。もしそうであれば七瀬はすでに「彼」にからだを奪われている筈であったし、ただの性欲のはけ口というだけなら常人の女性であってもいっこうに差支えない筈なのだ。たとえごたごたした問題が尾を引きそうになっても、冷酷な「彼女」ならどうにでもあと始末をつけることができるのである。

「彼女」は七瀬を、「彼」と結婚させようと考えているに違いなかった。そう考えることによってすべては辻褄《つじつま》があった。そのことは頼央も知っていたのだろう、と七瀬は思った。頼央が「彼」を愛してやってくれと七瀬に頼み、最後に察してくれといってことばを濁したのは、結婚というような重大事を「彼女」の至上命令だからとでも言いたげに一方的に七瀬に押しつけたのでは「独立した人格を持つ」、しかも「彼」よりも歳上の七瀬に対して失礼にあたると判断したためであろうし、七瀬なら充分察してくれる筈と思ったからであろう。

「彼女」が七瀬と「彼」の双方の心に強すぎるほどの互いへの恋愛感情を植えつけたのは、まさに七瀬が苦しんでいた、「自分の方が歳上なのに」という人間社会だけの世俗的な倫理を乗り越えて愛しあえるように仕向ける為《ため》だったのである。七瀬はまたしても精神感応能力者としての自分がひどく孤立した存在であることを思い知らされた。「彼」の結婚相手として「彼女」が七瀬を選んだということは、この社会に少くとも「彼」の年齢に近い女性の精神感応能力者は七瀬以外にほとんどいないということになるのだ。その稀少《きしよう》価値ゆえに「彼女」は今まで七瀬を大切に扱い、「彼」同様七瀬をも保護し、そして七瀬が「彼」と知りあえる機会を作るためにいろいろと気を配ったのであろう。七瀬が手部高校へ就職することになった過程のどこかには、必ずや「彼女」の意志が加わっているに違いなかった。つまり「神の導き」ということになる。

「彼」との結婚。しかも「彼」の両親である頼央と「彼女」に望まれての結婚。どうすべきか、と、七瀬は考えた。だが、すぐに考えるのをやめた。自分がそれを考えてどうなるだろう。結婚を辞退するということは宇宙の超絶対者の意志にさからうことになるのである。そして年齢差が「彼女」にとってとるに足らぬ問題であるとすれば、他に否《いな》やを唱える理由は何もないのだった。「彼」と七瀬は愛しあっているからだ。

（「彼」が待っている）バスの中で、七瀬はそう感知した。（「彼」がわたしのアパートの部屋の中で、わたしの帰りを待っている）

「彼」の特異な精神の波はすでに数キロ先からでも感知できるようになっていた。

バス停留所でバスを降りながら、「彼」がどうやって、鍵《かぎ》がかかっている筈の自分の部屋のドアを開けたのか、と、七瀬は考えた。ドアを壊すような乱暴なことを「彼」がする筈はなく、「彼女」の意志がシリンダー錠内部のボルトを動かしてドアを開けたと考える方が正しい筈であった。それならばしかたがないと思い、七瀬はアパートへの道をたどりながら、早、「彼」にからだをあたえようと心に決めていた。「彼」が切実に七瀬のからだを求めていることはひしひしと胸に迫ってきたし、「彼」を七瀬の部屋へ無断侵入させた限りは、「彼女」もそれを許容したことになるのだから。

しかし一方、またしても女としての疑惑が本能的に七瀬を襲った。自分は単に「彼」の性欲のはけ口ではないのかというさっき否定したばかりの疑惑だった。「彼」に純潔をあたえる決心をした以上、それは考えてもしかたのないことではあったが、考えずにはいられなかった。「彼」を愛しているのなら、性欲のはけ口であってもかまわないではないかと、そう考えてみた。だがその愛も、もともと「彼女」によってあたえられたものであった。「彼女」の意志が関係していなくても自分は「彼」を愛したであろうか、と、考えてみた。「否」と答えることができた。まず年齢差があり、その一事によってのみ七瀬は最初から理性で「彼」への愛を抑圧したに違いないのである。

にせものであろうと本物であろうと、愛は愛ではないだろうか。そもそも宇宙の意志によらぬ愛などあり得ないと考えてみればどうであろう。七瀬はそんなことを思った。そういえば世間には社会的に不合理な愛や常識的な倫理に則《のっと》らぬ愛が充満しているよう、七瀬には思えるのだった。

鍵のかかっていないドアを開け、七瀬は自分の部屋に入った。「彼」は鞄《かばん》を七瀬の座机の上に抛《ほう》り出したまま窓際《まどぎわ》に立っていた。今まで窓の外を眺めていた様子であった。端正な顔を向けて「彼」は七瀬を見つめた。自分が何も言わなくとも、なぜ来たかが七瀬にはわかる筈だと信じていた。七瀬の能力をはっきりとは知らぬままでも、「彼」はあきらかに他人とは異ったものを七瀬に感じていて、七瀬を超自然現象に守られている自分の同胞であろうとも考えていた。その同胞意識が今、家族的な関係、夫婦としての愛を七瀬に求めるまでに高まっていた。

なんて美しい男性だろう、と、七瀬はつくづく思った。そんな感嘆の裏に、もしかすると最近の若い男性の美しさと反比例する、若い女性たちに多い容貌の醜さも「彼女」の嫉妬心のあらわれか、などという変な思いつきがぼんやりと浮かんでいた。「彼」とたった一日会わなかっただけで、七瀬の心にも「彼」の抱擁を求める切迫した感情が生まれていた。七瀬は窓際の「彼」に駈《か》け寄った。「彼」が七瀬を抱きしめた。キスをした。柔らかなキスだった。「彼」の肉体的な愛の昂《たか》まりが感じられた。七瀬の心も高揚した。キスが終った。珊瑚《さんご》色《いろ》の夕陽が窓から射《さ》しこんでいた。

(この夕陽の中で)と「彼」は望んでいた。(ぼくは君を抱きたい)

「彼」がレースのカーテンをゆっくりと閉めた。それを見ながら七瀬はスーツのボタンをはずした。以前から恐れていた破瓜《はか》の苦痛に対する恐怖が、なぜかまったくないことに七瀬は気づいた。

ゆっくりとスーツを脱いで部屋の隅に投げ、スカートを脱ぎ、肌着をはずす七瀬を、「彼」はまじまじと凝視していた。絵や写真ではない実際の女性の裸体を見るのは「彼」にとって、幼いころ母と共に入浴した時以来の体験であった。「彼」の眼に映じる自分のやや小麦色がかった肌を七瀬は、「彼」の視覚を通じ、「彼」の讃《さん》美《び》の念とともに嬉《うれ》しく、甘く感知していた。七瀬の女性としての自己愛にとって「彼」はまさに鏡であった。そのかわり、と、七瀬は思った。いずれ自分が年老いた時、より若い「彼」の視覚を通じて他の女性よりもずっと早く幻滅を味わうことになるだろう。二十歳をとうに過ぎている七瀬に、処女を失うことへの感傷はほとんどなかった。

全裸の七瀬が熱い「彼」の視線を前にして畳の上へゆっくりと膝《ひざ》をついた時、「彼」はやっとわれにかえり、焦《あせ》り気味に、荒あらしく服を脱ぎはじめた。眼の前の畳に次つぎと投げ捨てられていく「彼」の衣類をじっと見つめながら七瀬は、ふたたび「彼女」の嫉妬を心配した。いかに「彼」の花嫁として「彼女」自身が七瀬を選んだとはいえ、いざ息子がはじめて女性と抱きあい、愛しあう情景に直面し、「彼女」は平静でいられるだろうか。腹立ちまぎれの「彼女」の何らかの報復があるのではないか。

灼《や》けつくような「彼」の想《おも》いに同情するあまり、自分が先に服を脱いでしまったことを七瀬は後悔した。どうせ「彼女」から心の底まで見透されているとはいえ、せめて表面だけでも「彼」から力ずくで奪われる形をとった方が少しでも「彼女」の腹立ちを和らげることになったのではないか。

全裸になった「彼」の昂まりが目前にあった。それを眼にすることはやはり衝撃的であった。七瀬の腰から力が抜け、彼女は畳に手をついて横座りの姿勢になった。「彼」は蹲《うずくま》り、七瀬の肩を抱いた。やや汗ばんだ冷い「彼」の胸に頬をあててうっとりと七瀬は眼を閉じた。その感触には一瞬の恐怖を和らげる効果があった。七瀬は「彼」の肩に腕をまわし、「彼」を強く抱いた。

ぎこちなさがあるに違いない、と、以前から七瀬は初めての「彼」との行為を想像し、そう考えていた。たしかにぎこちなくはあったが不自然ではなかった。「彼」のしぜんのぎこちなさ、ういういしいとまどいには好感が持て、尚《なお》さら七瀬には「彼」がいとしく思えた。七瀬もしぜんに仰臥《ぎょうが》した。「彼」の唇と七瀬の唇が重なりあった。

「意志」の気配があり、七瀬は「彼」の胸の下で身を堅くした。「意志」が「彼女」のものであることを知っている今、七瀬には、それがすっと近づいてきて二人の周囲に濃く凝縮した限り、「彼女」が何かをしようとしていることは確かであるように思えた。

「彼女」が七瀬に話しかけてきた。「彼女」から直接話しかけられるのは初めてであった。それは頼央が七瀬に教えた通りの伝達方法であった。頼央の記憶からそれがどのようなものかをあらまし読み取っていた七瀬は、「彼女」から自分への初めての語りかけではあったが、ことばによらぬさまざまなイメージを直感だけでどうにか解読することができたのである。

(ワタシデス)(ワタシデス)(ワカリマスカ)(ワカリマスネ)

突然からだを堅くして「彼」の愛撫《あいぶ》に反応を示さなくなった七瀬の顔を、「彼」は怪訝《けげん》そうに見つめた。七瀬はいそいで、さらに力強く「彼」を抱きしめた。なぜこんな時に、と七瀬は思った。むろん、こんな時だからこそ「彼女」が介入してきたのであり、純粋に二人だけの行為を何かの形で邪魔しようとしていることは、「彼女」が七瀬に語りかけてくる、ややうしろめたそうに感じられるその調子からも察することができた。

(お願いです)と七瀬は「彼女」に強く訴えかけた。(二人だけにしてください)

「彼女」は七瀬の訴えに、七瀬の懇願するような調子をそのまま応用して訴え返してきた。（ワタシモオネガイデス）（ワタシモオネガイデス）（オコラナイデ）（オコラナイデ）

何をするつもりなのかという七瀬の問いに、「彼女」は答えた。（トモヒロハ）（ワタシノ）（ムスコデス）（オンナトシテ）（ワタシハ）（アナタヨリ）（トモヒロヲ）（アイシテイマス）（ダカラ）（トモヒロガ）（タイケンスル）（ハジメテノ）（オンナノ）（ヤクワリヲ）（ワタシト）（カワッテクダサイ）

「彼女」の意図を一瞬にして悟り、悲鳴まじりに「いや」と叫ぼうとした時、それはすでに起っていた。意図を悟ったとはいえ七瀬は、実際に「彼女」がどうやって自分と入れ替ろうとしているのか迄《まで》には考え及ばなかったのだ。したがってその瞬間、七瀬は「彼」のことも、「彼女」に邪魔されたのだということも忘れてしまっていた。

遍在感があった。七瀬は「彼女」に替り、太極に存在し、宇宙に君臨していた。存在形態としてそれは宇宙そのものともいえた。超絶対者としての、動物的視覚に依《よ》らざる認識的視野を持つことがどういうことであるか、七瀬にはわかった。単に文字通りの「視野」であってすら、もしそれを持ち得たとすればそれがいかに常人にとって耐え難いものであるかも、たちまち七瀬は思い知らされていた。幾億もの星雲が、宇宙に充満するすべての原子と同じ認識的視界に共存していた。ある恒星系の生成から消滅までを七瀬は、地球の片隅で一匹の昆虫が産卵する様子と同時に認め得るのだった。すべての現象が恒常感覚として掌握できた。七瀬がたまたま学生時代に読んでいたハイデッガーの実存論をこれほど容易に実感できる視点はなかった。遍在者にとって視点とはすべての視点を意味し、すべての事物は七瀬の恒常感覚の中に道具としてひとつひとつ七瀬にとっての、心理的価値を含めての価値を持ち、その中には驚くべきことに有意義でないものはひとつもなかった。それは人間としての七瀬が持つ脳細胞だけではあきらかに把握しきれぬ認識量であり、長い時間をかけて宇宙全体に拡《ひろ》がった「彼女」の全細胞の認識力が七瀬に仮の体験をさせていることは確かであった。

だが、いかに太極に存在しようと、七瀬の意識はまだ人間のものであり、興味を持つ対象もその範囲内にしかなかった。たちまち「彼」と「彼女」のことを思い出し、七瀬は今まで自分が居た場所に注意を向けた。アパートの、西日のさしこむ七瀬の部屋にいるのはやはり「彼」と七瀬ではあったが、その七瀬の肉体には今、七瀬と入れ替って「彼女」が憑依《ひょうい》し、「彼」からの愛を受けとめていた。何もかも忘れて七瀬を愛する行為にのみ没入している「彼」の姿と、苦痛にやや身をのけぞらせている自分の姿がそこにあり、他の厖大《ぼうだい》な全宇宙の事象には眼もくれず、七瀬は複雑な思いでただその二人の姿だけに注意を向け続けた。

人間社会で禁忌とされる近親相姦《そうかん》的願望を「彼女」はさほど恥と感じる様子もなく、過去「彼」の母であった存在として当然のように充足させているのだった。自分と七瀬の関係を「彼女」は、はっきり、息子を奪いあうために対立しているものとして捉えていて、そう宣言したのちに七瀬にあたえられるべき「彼」の童貞を無理やり奪ってしまったのである。

(ひどい)(ひどいことを)

そう感じながらも七瀬は、なぜか心底から「彼女」を憎む気にはなれなかった。姑《しゅうとめ》らしい陰湿さがこれっぽっちもない「彼女」のあっけらかんとした態度のせいもあり、現在、いかに「彼女」が「彼」に愛されていようと、「彼」が本当に愛しているのは依然として自分なのだという優越感の為でもあったろう。また「彼女」

が今、七瀬に大きな負い目を感じているらしいことが、今や神の眼を持つに到った七瀬には、自分の肉体に憑依している「彼女」の意識を覗《のぞ》くことによってはっきり読み取ることができたし、「彼女」が「彼」と七瀬の間に割りこむのはこれっきりであり、以後七瀬が「彼」との愛の抱擁を邪魔されることは絶対にないであろうことも確実といえたからである。その意味では今後の「彼」と七瀬の平穏な二人だけの生活にとって、最初に「彼女」が七瀬に負い目を感じなければならぬような行為をしてしまった方がよかったのかもしれなかった。むしろ七瀬は、自分にかわって破瓜の苦痛に耐えてくれている「彼女」に感謝すべきなのかもしれなかった。七瀬が以前から他の女性のようにはさほど重大なこととも思っていなかった処女喪失の体験のかわりに、七瀬に神の視野で世界を見るという貴重な体験をさせてくれた「彼女」に対して七瀬は感謝すべきなのかもしれなかった。

それにしても自分の肉体から自分を追い出し、自分にかわって自分のからだを思いのままにしている「彼女」に、七瀬はやはり怒りを覚えずにはいられなかった。肉体がある限り、人間の思考や感情は肉体を離れて存在し得ないということを七瀬は思い知った。人間が本当に所有しているといえるのはその人間の肉体だけなのだから、その愛着はもはや個体としての肉体を持たぬ「彼女」にはわからぬほど深いのだし、肉体から追い出された七瀬だけが今はじめて、人間がどれほど自己の肉体に執着するかを悟ることができたともいえるだろう。
「彼」が押し殺した声で呻《うめ》きはじめていた。「彼」の歓喜を七瀬は感じた。(やめて) と、七瀬は「彼女」に懇願した。(やめてください) (もういいでしょう) (わたしに返してください) (わたしのからだを) (そこまでにしてください) (そして) (彼の愛の迸《ほとばし》る瞬間を) (わたしに返して) (お願いです)
だが、すでに「彼」は七瀬の、両の乳房のふくらみの間に頰を埋めて荒い息を吐いていた。「彼女」は「彼」の歓喜を最後まで七瀬の肌から吸収し尽したのだった。自分のからだを取り戻した七瀬は「彼女」が抜け出したために力なく投げ出されていた自分の両腕で、ふたたび「彼」の肩を強く抱いた。下腹部に鈍痛があった。やがて、ゆっくりと「彼」の下からからだをずらせて起きあがった。浴室で血を拭《ぬぐ》い、からだを洗ってから部屋に戻ると、「彼」は眠っていた。疲れきっている様子であった。七瀬は服を着てから「彼」の裸体を掛布団《かけぶとん》で覆《おお》った。しばらく「彼」の傍らに座ったまま、七瀬はぼんやりと「彼」の寝顔を見つめていた。満足の微笑が

「彼」の口もとに浮かんでいるようにも思えた。この子は、と、七瀬は思った。この子は、今抱いた女のからだに自分の母親が憑依していたとは夢にも思っていない。それは七瀬が口にしない限り、七瀬と「彼女」との永遠の秘密になる筈《はず》であった。むろん「彼女」は、七瀬が真相を「彼」に語るとは思っていないだろうし、七瀬もそんなつもりはまったくない。

身も心も「彼女」の思いのままにされた自分が、七瀬は哀れだった。思い出したように痛みが戻るたび、七瀬の中には「彼女」への怒りがじわり、じわりと堆積《たいせき》されていった。肉体をとり戻してはじめて感じる種類の怒りであった。いくら神の視点で万物の価値を認識できたからといってもそれは一瞬のことであり、それとはまったく関係なしに、痛みを感じる個体に戻った以上からだから痛みが消えないと同様心からも拭い去ることは決してできない怒りであった。しかし、神の我儘《わがまま》を糾弾して何になるのであろう。神はもっと残酷な仕打ちを人間に対して平気で行っているのではなかったか。他の人間たちは七瀬以上に心身とも「彼女」の思いのまま、人形のように操られているのかもしれないではないか。他の人間たちと七瀬の異るところは、七瀬がそれを「業」とも「運命」とも「偶然」とも思わず、それが「宿命の糸」ではなく「彼女」の操る糸であるとはっきり悟っている点にあった。

やり場のない怒りと悲しみを、他の人間たちのように信仰でまぎらすことさえ七瀬にはできない。だから七瀬は、それ以上そこにじっと座っていることができない。「彼女」への怒りがますます嵩《こう》じるからだ。七瀬は立ちあがる。そして部屋を出る。どこへ行くあてもない。だが、何か気をまぎらせる方法をいそいで見つける必要がある。七瀬は歩きながら考え続ける。

このまま「彼」と結婚してしまうことになるのだろうか。「彼女」は、「彼」が大学を卒業するまで七瀬を今のまま「彼」の恋人にしておき、「彼」が社会へ出ると同時に七瀬を「彼」と結婚させるつもりでいる。「彼女」の意のままではないか、と、また七瀬は思う。人間に主体性というものはあり得ないのか。人間が自分の主体性と思っているものはすべて「彼女」からあたえられたものに過ぎないのだろうか。

黄昏《たそがれ》。いつの間にか七瀬はバス道沿いの「手部市立体育館」の前に来ている。正面玄関前には若い男女が大勢集っている。汗臭さ。人いきれ。どんな催しがあるのか、玄関に貼《は》られているポスターを見るまでもなく、集ってきている若者たちの意識を覗けば七瀬にはすぐにわかる。テレビでよく見かける女性三人のシンガー・グループがリサイタルをやるのである。集っている若者は男性が圧倒的に多い。大学生、高校生、そして中学生らしい男の子の姿もちらほら見える。彼らはいずれも三人の娘のうちの誰かひとり、稀《まれ》にはふたりのファンであり、若者らしい一途《いちず》さで彼女あるいは彼女たちを愛《いと》しく思い、好ましく思い、彼女あるいは彼女たちと同時代に生まれたことを誇らしく思い、今日この公演を見にやって来ることができたのを心から嬉しく思っている。

彼らのこのファン心理も、もしかすると彼ら自身のものではないのではないか、と、七瀬は思う。いつか七瀬は、並ぶ気はなかったのに切符を買おうとする彼らの列の中に加わってしまっている。何かの気晴らしになるかもしれないと思い、七瀬はそのまま窓口まで進んで入場券を買う。場内はほぼ満席である。三人の娘がステージで歌っている。空席のひとつに七瀬は腰掛ける。空席があるといっても、体育館は広いので何千人かの観衆である。彼らの興奮の度あいで、始まったばかりらしいことを七瀬は知る。見憶《みおぼ》えのある振付で聞き憶えのある曲を三曲、娘たちは続けて歌う。テープがとんで行く。歌はうまくない。

七瀬が想像していたよりもずっと、ファンである彼ら若者たちの知性は高い。どこかの国立の大学に行っているらしい若者、どこかの医科大学の学生らしい若者、どこかの有名私大で情報工学を専攻している若者、「彼」同様大学進学率の高い高校へ通っている若者。環境のいい地方都市のせいか与太者じみた学生はほとんどいず、七瀬にはほとんどの若者が優秀な頭脳を持っているように感じられる。その若者たちがすべて、音楽的にさほど高度とも思えぬ歌を歌い続ける舞台の娘たちに熱っぽい視線と讃嘆《さんたん》の意識を投げかけている。

歌が終ると幕前でコントが行われる。コントといっても娘たちがそれぞれの隠し芸を順にやるだけのことである。ライト・グリーンの服を着た娘が言う。わたしはこれしか隠し芸がないのです。泣く真似《まね》をやります。そして彼女は泣く真似をして見せる。手の甲を眼にあて、えーん、えーんと巧妙に泣いて見せる。ピンクの服を着た娘がいう。わたしには隠し芸がありません。ですからわたしの可愛《かわい》がっているワンちゃんをお見せします。彼女が呼ぶと舞台の端から白いペキニーズがちょこちょこと駈《か》け出てくる。娘は愛犬を抱きあげる。黄色い服を着た娘が言う。わたしも隠し芸がありませんので、方程式を解いて見せます。幕のうしろから問題を書いた黒板が出てくる。彼女はチョークをとり、中学一年生でも出来そうな連立方程式を解いて見せる。娘たちが隠し芸をひとつ披露するたびに観衆はどよめく。七瀬は周囲の意識を捕捉《ほそく》する。みな一様に、自らの憧《あこが》れである娘のやることを感嘆の念で迎え、拍手を惜しまない。観衆すべてが心から、彼女は頭がいいと思い、彼女たちのすることをすばらしいと思い、彼女にはセンスがあると思い、彼女たちのすることに感動している。

七瀬ははっと座席から身を浮かし、中腰のままでまじまじと周囲を見まわした。これは現実なのか。夢ではないのだろうか。それとも現実そのものが夢とさほど変らぬのであろうか。自分たちにとっての現実とは宇宙の太極に存在している「彼女」の夢の舞台、その舞台上での、「彼女」によって紡《つむ》ぎ出された幻のようなうたかたの群衆劇なのか。今、七瀬の急激な動作にも、彼女の方を向く者はひとりもいず、観衆はすべて熱狂し、歓声をあげ、舞台に向かって拍手している。非現実感が七瀬をとり巻き、彼女は自分の存在が根柢《こんてい》から切り崩されていくような恐ろしいほどの不安に苛《さいな》まれ、またしてもじっとしていることができなくなってしまった。

七瀬は席を立つ。逃げ出すように会場から出る。そして歩き続ける。この世界が確かに現実であることの証明を求めて。彼女は繁華街に出る。雑踏を歩き続ける。すれ違う歩行者たちの思考が次つぎと七瀬の中に流れこんでくる。そのいずれもが七瀬の非現実感を刺戟《しげき》するばかりである。この世界が現実である確かな証明はその中のどれからも得られない。（あの洋服屋の支払いは会議に出るための新調で部長の反感が社内の勤務評定の最終電車で帰ることが多い）（肉400円×400g＝1600円・鰺《あじ》100円×6匹＝600円・葱《ねぎ》60円×3把《わ》＝180円）（動かない動きます動く動く時動けば動け）（また私は新郎の善夫さんの失敗談も数多く存じておりますがそれはこの席では）（いいえいいえとんでもない）（いずれはあの女も）（掛け値なしの）（あの人は）（あべこべ）（アルサロ）（早く）（うそか）（税金）（なぜ）（七瀬さん）（七瀬さん）（七瀬さん）

自分の心へ直接呼びかけてくるひとつの意識を多くの中から発見した七瀬は、心臓の鼓動が早まるのを感じながらあたりを見まわそうかどうしようかと大きくためらった。それはあきらかに七瀬がテレパスであることを知っての、あるいは七瀬をテレパスかもしれぬと思っての呼びかけだったから、もしあたりを見まわせば敵かもしれぬその人物に、自分がテレパスであることをはっきり教えてしまうことになる。そもそもこの町で七瀬がテレパスであることを知っている人物など、今の七瀬には香川頼央以外に思いあたらなかった。相手は自分同様のテレパスか。それとも敵か。七瀬は歩き続けながら身を堅くひきしめた。

七瀬があたりを見まわす必要はなかった。バス停へ急ぐ多くの人びとの流れにさからい、その人物は七瀬の行く手で彼女の方を見つめたまま立ち止っていた。白髪。長身瘦軀《そうく》。黒い服。ステッキがわりの蝙蝠傘《こうもりがさ》。それは香川珠子が失踪《しっそう》する一カ月前銅里村にあらわれたという、そして今日また七瀬が頼央の住居の近くで見かけた、あの上品な初老の紳士であった。彼はおだやかな眼で七瀬を見つめ、七瀬に同情するかのような微笑を口もとに漂わせていた。

自分への害意はなさそうに思えるその老人に向かって歩き続けながら七瀬は彼の思考を探ろうとした。だが彼の思考は、まるで言葉のような、七瀬に向けてのひたすらな呼びかけの裏に隠れてしまっていた。

(七瀬さん)(ご心配なく)(わたしは「彼女」を知っています)(わたしはあなたの味方です)(わたしの前で立ち止ってください)(あなたとお話をしたく思っておりますので)

七瀬が自分の心の中だけで決めている「彼女」への「彼女」という呼びかたを知っている以上、この老人が香川頼央同様「彼女」からそれを教えられる立場にいる人物であることがはっきりしたので、七瀬は安心し、老人の一メートルばかり手前で立ちどまり、会釈《えしやく》をした。ほとんど同時に老人も会釈を返していた。街燈《がいとう》と、近くの電気器具店からの明りに、老人の、穏和な中にいささかの厳しさもある風貌《ふうぼう》が浮かびあがった。

「いろいろとご心痛がおありと思いますが」まるで世間話のように彼はそう話しかけた。「この老人に、何かあなたをお慰めできるようなお話がいたせましょうか」

老人の微笑に七瀬も微笑を返した。老人は声で語りかけながら、同時に自分の心を七瀬に向けて解放していたのである。(わたしをお知りになってください)(わたしはこういう者です)

「歩き疲れていますの」驚くばかりに複雑な老人の素性を観察しながら七瀬は言った。「およろしければこのあたりのお店で、わたしと一緒にお茶を飲んでいただけませんか」

「たいへん結構なことでございます」仕立ておろしのような三つ揃《ぞろい》の背広に胸ポケ

ットの白いハンカチという服装やその言葉遣い同様の大時代な態度で、老人はふたたび会釈をした。「お供させていただきます」

彼の年齢は百億歳に近かった。初老の男としての肉体は彼の仮の宿りに過ぎず、彼の放散させている精神力も通常の人間並みに弱められてはいたが、長い年月で鍛えあげた知性と意志が完璧《かんぺき》ともいえるほど釣合いよくとれている意識をちょっと覗《のぞ》くだけで七瀬には彼がただものでないとわかるのだった。彼の仕事が「彼女」からのメッセージを人間たちにことばで齎《もたら》す役目であるらしいこともすぐにわかった。今、彼は、単に「彼女」からのメッセージを七瀬に伝えるのではなく、自ら進んで七瀬を慰めようとしていた。

近くの北欧風の喫茶店の、ひと気の少い片隅で向きあい、あらためて七瀬は、またしても出現した「彼女」以外の、しかも常識はずれの存在に驚愕《きょうがく》の眼を向けた。

「ではあなたは、いわゆる、あの」

口ごもる七瀬に、両膝《りょうひざ》の間に立てた蝙蝠傘の握りにきちんと両手を置き、背すじを伸ばした姿勢のまま、彼はややおどけた口調でうなずき返した。「はい左様でございます。老いぼれた天使で申しわけございません」

老人の自己紹介の如く彼を「天使」と言い切ってしまうことに、七瀬にはためらいがあった。今はたしかに「彼女」の使者であり、「彼女」の意志を人間の世界へことばで伝える役を務めているとはいえ、その行為は彼自身の意志によるものでもあったし、さらに彼は、あきらかに「彼女」が全宇宙の秩序を司《つかさど》りはじめる以前から太極にあった存在でもあるのだ。

「まあ、もとはそうであったと申せましょうが」いち早く七瀬の思考を読み取った老人が、かすかにかぶりを振った。「わたしのすべては今や、あなたのいわゆる『彼女』にとりこまれてしまっております。人間社会でいう前会長とか元社長とか、そうした意味での『もと超絶対者』では決してございませんよ」

七瀬にも理解できるよう、老人はことばで言い尽せぬ部分をイメージとして思い浮かべながら自らの立場やそのいきさつを説明した。それでも尚《なお》、ほんの気まぐれにもせよ「彼女」から一瞬超絶対者としての視野を体験させて貰《もら》っている七瀬にさえそのほとんどが理解不可能であった。それは太極に瞬間存在したあの時の七瀬が単に遍在感をあたえられただけであり、決して全宇宙に及ぶ絶対的な意志を持たされたわけではなかったからでもあったろう。神の交代劇を理解できる人間などいないのだ。

銅里村にあらわれた時の老人だけが、超絶対者でありながら宇宙の意志を人間に告知するという、いわば神と天使の二役を同時に演じたのであった。告知を受けた香川珠子時代の「彼女」がどんなに驚いたか、七瀬には想像にあまりあった。ただし、老人に会った記憶は、香川珠子である期間「彼女」の中で、宇宙意志によって無意識の内に封じ込められていた。無意識の中でのみ「彼女」は超絶対者たるべき準備を整えつつあったといえよう。

「すばらしい女性でした」と、老人はいった。「いや。今もその女性特有の倫理が破綻《はたん》に直面したこの世界を救いつつあるのですが」彼は教え子の成功を喜ぶ老教授といった様子で、眼を細め、のどの奥の押し殺した声でくつくつと嬉《うれ》しげに笑いながら七瀬に訊《たず》ねた。「いかがですかな。この世界、最近ちと女性化してきたようにはお感じになりませんか」

老人の言う「この世界」が全宇宙を指していることはわかっていたが、七瀬には身のまわりの限られた世界のことにしか考えが及ばず、つい「文明の女性化」などといった都市での卑近な現象を連想してしまうのだった。そういえば「情報化社会」「男性のファッション指向」「余暇の増大」「過保護」「福祉社会」「流行への過敏さ」「父権失墜」「公害ムード」「女性解放運動」「消費美徳社会」など、どれをとってもよかれ悪《あ》しかれ社会が女性化している証明のようにも思えるのだが、そんなことが即《すなわ》ちこの世界全体の女性化を証明しているなどとはとても言えないのではないだろうか。七瀬はそう思うのだ。彼女が遍在して一瞬のうちに見たこの大宇宙には、地球程度以上に文化の発達した惑星がいくつもあったのである。

七瀬の内心の混乱や戸まどいをしばらく好ましげに眺めていた老人は、やがて改まった表情と口調で七瀬に詫《わ》びた。「どうぞ『彼女』の気まぐれと我儘《わがまま》を許してやってください。『彼女』ももう、ああいったことは二度といたしますまい。わたしからもお詫び申しあげます」

七瀬は「彼女」に対して怒る気をまったくなくしている自分に気づき、悲しげに答えた。「いいえ。あのことでしたら、もういいのです」

「ありがとうございます」老人は一礼した。「そううかがって、わたくしも、ほっといたしました」

「彼女」が大きな負い目を七瀬に感じていて、何らかの形で借りを返そうという意志を持っているらしいことは、詫びごとと同時に老人が心に描き、七瀬に開放して見せてくれるその視覚表象によってよくわかっていた。しかし七瀬の苦悩がおそらく「彼女」ですらどうにもできないものであろうことは確かであった。その苦悩の原因が「彼女」の存在にあるからだった。この世界の非現実感、自己の非存在感、これを「彼女」が七瀬の意識からどうやって消し得るというのか。もし消してしまえばその時七瀬は「彼女」の存在さえ知らないことになり、当然「彼」との結婚も拒否することとであろう。

「それがあなたのお悩みの原因でしたか」七瀬の複雑な感情をほんの瞬く間に読み取った老人は、困惑の表情で視線をちらと窓の外へ向けた。どう言えば七瀬を安心させることができるかを彼は考えていた。しかしこの女性は知的な娘である、と、彼はまた、そうも考えていた。したがって、そのように知的で、ある意味で哲学的ともいえる悩みを持つことはむしろ七瀬のような女性にとってふさわしいのではないか、その方が彼女の人生観をより深め、彼女の人間をひとまわり大きくすることになるのではないか。

「こうお考えになってはいかがでしょう」老人は気遣わしげに七瀬を見まもりなが

ら喋《しゃべ》りはじめた。「あなたがさき程このわたしの肉体を仮の宿りというようにお考えになったと同様、人間にとってこの世は仮の住まいであり、人間の肉体も、いや、生命すらも仮のものに過ぎないのだと。いやいや。もちろんあなたが先ほどからそうお考えになろうと努力なさっていることは存じております。そこで」老人はやや身を乗り出した。「やはりあなたの場合、特に今となってはそこまではっきりと徹底した考えをお持ちになった方が、何もかも常に『彼女』によって操られているのではないかという不安定な感情を抱かせるお疑いから脱《ぬ》け出すことがおできになるのではございませんかな。なぜかと申しますと、つまり逆に、どうせ仮のものである人間の肉体や生命であるならば、むしろ『彼女』に、あなたご自身のご希望通りの操作を願われることとさえ、今やあなたには可能だからです。わたしはそのことを申しあげたかったのです」

「いいえ。わたしはあのかたに、どのような操作も望みはいたしません」身を守ってさえほしくない、と七瀬は思いながらゆっくりとかぶりを振った。ただ、この世界だけが唯一《ゆいいつ》の現実であるという確信が、もはや無理とは知りながらもその確信だけが欲しかった。そう確信できればどんなに嬉しいことか、と、七瀬は思った。しかしその確信をあたえてくれるよう「彼女」に望むことはできないのだ。

「おやおや。本当に何ごともお望みではないのですかな」やや皮肉っぽい微笑を浮かべた老人が、疑わしげにそう言った。「あなたには、会いたい人たちが居られるのでは」

いいえ、わたしには特に会いたい人など、ひとりも、と、七瀬が答えようとしたその時、突然今の今まで記憶から脱落していた多くの過去が津波のように彼女を襲った。会いたい人、と老人が口にしたことによって、七瀬はまず、今は死んでひとりもいない肉親を連想した。次に、その肉親よりも彼女にとって大切であった何人かの同胞、つい今しがたまで、おそらくは彼女自身の抑圧によって完全に忘れていた、超能力を持つ同胞たちのことが、まざまざと心に蘇《よみがえ》ったのである。と同時に、その頃の記憶の脱落になんの不思議さを感じることもなく、自分がいつの間にかこの町に住んでいて、いつの間にか手部高校教務課職員として勤務していた事実も七瀬は発見した。いったい自分は、なぜこの町にやってきたのか。いったい自分は、どういうきっかけで今の職場に就職したのであろうか。

そもそもの最初から「彼女」の意志が働いていたのだと考えるほかなかった。地球上のあちこちに発生しはじめた超能力者たちに殺意を抱く巨大な組織があり、自分は胸に彼らの銃弾を受けて倒れた。その自分を死から救ってくれたのが「彼女」なら、おそらくはその時の衝撃で記憶を喪失したのであろう自分をこの町につれて来て、就職させてくれたのも「彼女」だったに違いない。さらにそれ以後、今まで組織の手から自分を守ってくれていたのも「彼女」なら、それらの記憶の喪失を、今になってやっと回復させてくれたのも「彼女」なのであろう。

皆に会いたい、と七瀬は思った。だが、もう会えないのだ。自分と同じ精神感応能力者のノリオ、念動力者のヘンリー、時間旅行者の藤子、そして予知能力者の恒夫、すばらしい仲間だった。七瀬の眼に涙が浮かんだ。北海道南西部の湖畔の森林地帯にひっそりと隠れ棲《す》んでいたその仲間たちは、すべて組織の攻撃に破れ、彼らの手で抹殺されてしまったのだ。その悲しい思い出を避けるため、自分は故意に記憶を喪失したのであろう。七瀬はそう思った。

「そのかたたちは、すべて」と、老人がゆっくり言った。「あなた同様に『彼女』がお救いしているのですよ」

七瀬は耳を疑った。今の今まで老人の心にそんなことはひとかけらも見あたらなかったので、自分の聞き違いであろうか、あるいは彼の咄嗟《とっさ》の思いつきかとも思ったが、聞き違いではなかったし、老人が嘘《うそ》をついているのでもなかった。

「会えるのですか」かすれた声で七瀬は訊ねた。浮き立つような喜びを感じ、老人の答えを待つ間ももどかしく、無礼も承知で七瀬は彼の心をあわただしく探った。

彼らはこの町に来ていた。「彼女」の意志が招いたのであろう、この町の、しかも七瀬と老人が今いる喫茶店からほんの百メートルばかりの距離にあるホテルの一室に四人全員が集り、七瀬を待っているのだった。七瀬がほんの少し精神力を凝らしただけで彼女はすぐにノリオの、まだ記憶もなまなましく、しかもたとえようもなく懐しいあの幼い意識を感応することができたのである。

(あ)(お姉ちゃんだ)(お姉ちゃんが近くにいる)(ぼくだよ)(ノリオだよ)

「ノリオ」呻《うめ》くように呟《つぶ》やき、七瀬は嗚咽《おえつ》した。胸が熱く燃えていた。大声で泣き出してしまいそうだった。いそいで涙を拭うと、彼女はあわただしく立ちあがり、老人に会釈《えしやく》した。「ご免なさい。どうか、わたしを行かせてください」

「わたしにはお構いなく。どうぞ行っていらっしゃい」

いささかとり乱した七瀬の様子をあたたかい眼で追う老人の笑顔をあとに、彼女は喫茶店を駈《か》け出た。夜になり人通りが疎《まば》らになった舗道を、眼を赤く泣き腫《は》らして七瀬は走った。横断歩道を隔てて真正面に見える八階建ての細長いホテルの窓の明りが涙に溶け、はじけ散っていた。信号が変るのを待ちながら窓のひとつを見つめ、あそこにいるのだわ、と、七瀬は思った。

(ノリオ)と、彼女は呼びかけた。(ここまで来てるのよ)(わたしよ)(すぐに行くわ)

今やヘンリーの、藤子の、そして恒夫の意識も、七瀬にははっきりと読み取ることができた。こんなに近くにいたのに、どうして今まで彼らの存在に気がつかなかったのだろう。彼らの特異な意識のパターンは熟知している筈《はず》だったのに。

そう思いながらホテルのロビーへ駈けこんだ七瀬に、突然理性が戻ってきた。彼女は身をこわばらせ、静止した。そうなのだ。ヘンリーや藤子や恒夫ならともかく、どうしてノリオの意識までを今の今まで感応することができなかったのだろう。以前この手部市ほどの大きさの中都市にノリオと住んでいた時は、どこにいようが、たとえ街の両端にいてさえ互いに心を伝えあうことができたのではなかったか。

さらに恒夫が、自分に会うのを嫌っていたことを七瀬は思い出した。七瀬に恋していた恒夫は、そのために自分の醜い心が七瀬に読まれることをひどく怖《おそ》れ、七瀬の前にほんの僅《わず》かな時間さえ姿を見せようとはしなかったではないか。それなのに今、ノリオたちと一緒にいる恒夫は、皆と同じように切実に七瀬に会いたがり、もうすぐ会えることを単純に嬉しがっているのだ。恒夫は性格が変ってしまったのか。それとも、それはもはや恒夫ではないのか。

いや。そんな筈はない。叢雲《むらくも》の如く湧《わ》き起ってきた疑惑を、七瀬は否定しようとした。そうだ。恒夫は暗殺者の銃弾を胸に受け、今にも息絶えようとする寸前、それまでの七瀬に対する羞恥心《しゅうちしん》、テレパスに心を読まれる恐怖を克服したのではなかったか。そうだ。あの時恒夫は自分に対して、ほんの僅か、裂け目の如きものではあったが、たしかに心を開いてくれたのだ。だからこそ、そのすぐ後で「彼女」に命を救ってもらった恒夫は、今はもう七瀬に対して大っぴらに心を開いて見せることが。だからこそ今。だからこそ恒夫は今。恒夫は今。

違う。違う。違う。

七瀬はあわただしく記憶の細部を揺すり起した。「彼女」が恒夫の命を救えた筈はないのだ。恒夫は胸を射抜かれたそのすぐ後、同じ暗殺者によってとどめを刺されたのではなかったか。頭蓋《ずがい》を撃ち抜かれた人間の生命を、いかに「彼女」とはいえ、どうやって救えたというのか。恒夫の断末魔の意識を七瀬はあの時はっきりと感受している。

さらにそれはノリオにも、ヘンリーにも、藤子にも言えることであった。三人とも、七瀬のすぐ近くで射殺され、七瀬は三人それぞれの息絶える瞬間を目撃し、あるいは目撃したと同様の強さで感受している。いったん死んだ人間を、どうやって「彼女」が救ったというのか。

考えられることはただひとつであった。四人とも、一度死んだ人間なのだ。彼ら四人は今、「彼女」によってこのホテルの一室に突然存在させられたのだ。さっきノリオの意識を突如百メートルの近さで感知したのもそのためだったのだ。七瀬はロビーの中央で凝固してしまった。恐ろしさに、膝《ひざ》がしらが顫《ふる》えた。彼ら四人は、ほんの数分前まではこの世に存在していなかった。現在の恒夫の心理が以前と違っていることからもわかるように、彼らは七瀬にとって最も都合のよい形質だけを伴わされ、「彼女」から再創造されたばかりの存在だ。幽霊か。いや、幽霊ではない。彼ら四人が存在することは確かなのだ。だが、存在してはいけない存在なのだ。あるいは今七瀬のいるこの世界が、彼らの存在してはならない世界なのだ。

（お姉ちゃん）（どうしたの）（早く来てよ）ノリオが苛立《いらだ》ちながら七瀬の心をまさぐり続けていた。（何を考えているの）（ぼくにはわからないよ）

決定的な証拠は、と、七瀬は尚も考え続けていた。もし彼ら四人がずっとこの世界に存在し続けていたのであれば、「彼女」と入れ替って太極に存在し、遍在感を持たされた時の自分には、当然彼ら四人の存在が見えた筈なのだ。いかに記憶を失っていたとはいえ、全宇宙の森羅万象の中でも特に自分の注意を惹《ひ》くものとして存在した筈なのだ。もし見ていればその時自分はそれまで失っていた記憶を蘇らせることができた筈だ。だが実際にはあの時、自分は彼らを見なかった。彼らがあの時、まだこの世に存在していなかったからだ。

ノリオが七瀬の心の疑惑を、わけがわからぬながらも自分たちの再会を遮ろうとするよくないものであると敏《すば》やく感じとり、切実に七瀬を求めて泣きながら叫んでいた。居たたまれなくなり、七瀬は向きを変えてホテルから駈け出た。走りながら七瀬は「彼女」に叫んだ。彼らはもう死にました。わたしはもう、それを知ってしまいました。彼らは存在してはいけないのです。それを知っている以上わたしは彼らには会えません。

ふっ、と拭《ぬぐ》い去ったようにノリオの悲痛な呼びかけが消えた。彼らが存在することをやめたのに違いなかった。ごく気軽に人間を存在させたり抹消したりできる「彼女」を、その気軽さゆえに七瀬は怖ろしいと思った。

やや気も鎮《しず》まり、またあてもなく街を歩きはじめた七瀬に、今度こそ、今までにない恐ろしい疑いが大きく浮かびあがってきた。なぜ今までそのことに気がつかなかったのかと思い、自分の迂闊《うかつ》さに七瀬は唖然《あぜん》とした。「彼女」がいったん死んだ七瀬の同胞四人を再び存在させることが可能だったのであれば、現在の七瀬自身がそうでないという確証もないのだった。自分はあの時いったん死んだのだろうか、と思い、七瀬は慄然《りつぜん》とした。自分の息子である「彼」にあてがうため、「彼女」が死者たちの中から「彼」の恋人に最もふさわしい者として選び蘇らせた存在ではないのだろうか。

考えたくなかった。自分は存在し、この世界だけが唯一の現実なのだと思いたかった。そこで、たとえいったん死んだにせよ、現に今、自分がここに存在している限りは、自分はやはり存在し、ここが唯一の現実なのだと思いこむ努力をしてみた。

だがもしそうであるとするなら、七瀬は今しがた同胞四人に対して例えようもない非道を働いたことになるのだ。彼らにとってもやはり、この世界が唯一の現実で、彼らは今しがたまで確固として現実に存在していたことになるのである。

周囲の世界の非現実感はあい変らずであった。自己の非存在感もますます強く七瀬の内部にどっかと居座っていた。七瀬は自分のアパートへと足を向けた。七瀬が今帰ることのできる場所はそこ、即《すなわ》ち「彼」の許《もと》にしかなかった。この世界が現実であろうが仮の舞台であろうが、ひとつの舞台であることに変りはなく、七瀬が実在していようが仮の存在であろうが今その舞台の上で「エディプスの恋人」としての役をつとめていることに変りはない。さっきの老人が言った如《ごと》く、七瀬が「彼女」に望みさえすればあの同胞四人をふたたびこの世に存在させることも可能であろう。だが七瀬にそんなことを願う気はなかった。あのすばらしい仲間たちに、自分と同じこんな苦悩をあたえる気はなかった。しかも彼ら四人にこの舞台での役割は何もないのである。彼ら超能力者たちを抹殺しようとする人間などひとりもいない「エディプスの恋人」という舞台で彼らにいかなる演技が可能であろうか。

七瀬は足を早めた。七瀬にはそれがまるで、「彼」の許に帰り「彼」の妻になる運命を確実なものとすることによって「エディプスの恋人」が終る時を自分が一刻も早めようとしているかに思えるのであった。

解　説

青木はるみ

彫刻家ビナンツォ・クロチェッティの作に、巨大な錨《いかり》と共に真逆さまに沈んでいく青年像がある。鎖は脇腹《わきばら》から臀部《でんぶ》、大腿部《だいたいぶ》へと深くねじれながら食い込んでいて、ぴたり天に向く蹠《あしうら》のあたりで宙に浮いている。野外に置かれているのだから、見事に蒼《そう》空《くう》が計算されているといえよう。単に深海へ、というベクトルだけではなく、目前に倒立する青年像の周辺に無限に広がる空間を、鑑賞者は意識することになる。また、その果敢で健気《けなげ》な姿態から青年自身のこころざしもさることながら何か業《カルマ》のような永遠の時間をもキャッチしないではいられない。優れた芸術家などが、ときにこのような形で宇宙の断片を示唆《しさ》してくれているはずなのだが、いかんせん私たち凡人の想像力が追いつかない。

我が息子も筒井康隆《やすたか》の最新刊『虚人たち』を読んだのか読まないのか、ともかく或《あ》る朝、冷蔵庫にキテレツな貼紙《はりがみ》があった。

開庫厳禁・目下ゴキブリ冷凍中

筒井作品では、入室厳禁・目下虚構中と二階の息子の部屋のドアに貼紙がしてあって、その容貌《ようぼう》も性格もわからないのだから、全くよくできている。

ともかく我が息子に訊《たず》ねてみると、深夜冷凍室を開けたとたんにゴキブリが飛んで入ったのでびっくりして閉じたまま寝た。なのに起きて今たしかめてみるといない。変だな。ちゃんと固まってるとこ、夢に見たんだがな。と首をひねるので私は吹きだしてしまった。私たちの夢なんて、この程度に貧しいものなのだ。

「國文學《こくぶんがく》」學燈社《がくとう》刊一九八一年八月号には筒井康隆、松田修による対談があってたいへん興味ぶかく読んだばかりのところなのだが、とりわけ次の発言に心をとらわれた。

たとえば自分が一人で家の中で寝てるとすると、子供にとっては自分の家というのは世界の中心ですから、宇宙の中心でもある。まあ、大人でもそういう感覚があるから安心して寝ているんですけど、しかしそのまわりには神戸という町があり、日本があり、地球があり、宇宙がある。普通はそれを思ったらちょっとゾッとするんですが、のべつその感覚を胸に抱いて動き回っている人というのはいないわけで、たまにそういうことに気がつくから恐《こわ》いんだと思うんです。

つまり筒井康隆は私たちが時間とか空間に鈍感になっていることをつき、そういった読者への伝達手段としては「やはりSF的な手法で現実をねじ曲げて、奇妙なストーリーを作ってゾッとさせるか、あるいは普通の言葉とは違う別の言葉でもって、いろんな変わった表現ばかりの積み重ねでその効果を出すか、どっちかしかない」と明確な意図をあかしているのだ。筒井作品がどのように荒唐無稽《こうとうむけい》な表出をとろうとも、作者の根底に意外なまで真摯《しんし》な宇宙への畏怖《いふ》があるのを知って、私は心打たれたのであった。

フォンタナの絵画「空間概念」は赤一色に塗りつぶされたカンヴァスに鋭利な刃物による裂け目が三筋入っているだけの絵である。裂け目の向うには黒の紗《しゃ》が張ってある。黒ぐろと拡《ひろ》がる別の空間こそ、従前の約束や区分のまかりとおらぬ世界なのだ。

しかし筒井作品の場合はもっとなまなましい。カンヴァスではなく、あたりにいくらでも目につく人の腕の中に、いきなり想像力でもって入りこむとでもいおうか。想像力であっても血は噴くであろうが、あくまでも俗塵《ぞくじん》の猥雑《わいざつ》な赤さだ。作者の目は、いわば腕宇宙の神秘なドキュメントを逐一見とどけるにしろ、同時に腕からの視点で俗界を透視することのほうが重要なのはいうまでもない。もっとも腕宇宙なんてミクロな言葉は、ほんの私の思いつきにすぎない。それにしても読者も自分の身近なあたりから凝視をはじめて、それからようやく自分の精神をマクロに解放するのが順当なのかもしれない。なにしろ『エディプスの恋人』のエンディングには、女神の意志でやむをえず七瀬が自分の肉体から離脱して宇宙に遍在する、おそるべき瞬間がくるのだから。この凄絶《せいぜつ》なスケールの視界はまさにＳＦならではの真骨頂である。ポエジーがあり、しん、とするほどのリアリティーがある。なぜか。それは筒井康隆が常に「俗物としての欲望をとことん極めれば超俗になる」との信念を抱いているからであろう。

　火田七瀬という美貌のうら若い精神感応能力者《テレパス》を主人公として、第一作『家族八景』、第二作『七瀬ふたたび』、完結篇として『エディプスの恋人』、この三部作は世に「七瀬三部作」と呼ばれて大変愛されている。その要因は、現代ＳＦというジャンルの特質としての超虚構の物の見方の醍醐味《だいごみ》、現代文明批評を基盤とする絶妙のブラックユーモア、ユニークな同時連想モノローグの文体の新鮮さなどが、輻輳《ふくそう》した魅力となっていることは間違いないとして、とりわけ主人公が第一作で実にさりげなくお手伝いさんという職種でもって、すーっと私たちの現実に混在してきたのが良かったのではないか。第三作での高校教務課職員の設定にしろ、いかにも混在がありそうなことであるからこそ面白さも怖さも倍増するのだ。私たちは痛切に貪欲《どんよく》に他者の胸の内を知りたいと思っているものだ。テレパス七瀬に、わっとばかり読者の憧憬《どうけい》が集中するのも無理はない。しかも読みすすむうち、そんな能力を持つせいで七瀬がひっかぶるあらゆる災厄を知って、今度は読者の同情がいっせいに集中するのもまた、むべなるかな、である。

私は始め七瀬の美貌が具体的につかめなくて少し不満に感じたのだけれど、それもかえって自由に読者各自の理想の容貌が重ねられるメリットになっているともいえる。ちなみに作者自身の好みは、先の対談によるとこうなる。

確かに僕は、本当に女性的な女性も好きですけど、少年的な、どちらかというと〝女のひと〟ではない〝女の子〟が非常に好きなんです。そういえば中学校のとき、バスケットボール部の背の高い女の子が好きになったこともありましたから。

長身で小麦色の肌、敏捷《びんしょう》な七瀬がたちまち浮かびあがってくる。なるほど『エディプスの恋人』は作者の恋人でもあった。そういえば最後にとうとう女神に入れ替わられてしまって、肉体的には処女をなくすとはいえ七瀬の精神は宇宙に遍在していたのだから、とびきりのロマンチシズムだとも考えられる。七瀬の恋人である智広は、実はまだ女神が普通の母親であった頃の息子なのだから近親相姦《そうかん》ということになるが、肉体そのものは七瀬であり、智広も相手を七瀬としか思っていないのだし、べつにグロテスクではない。『家族八景』でわかるとおり、普通に見せかけた家族のほうがよほどグロテスクなのである。

さて『エディプスの恋人』の発想がギリシャ神話からきていることは、すぐうなずける。エディプスは、テーバイ王ライオスの息子。父と知らずに父を殺し、母と結婚した悲劇なのであるが、今や、男の子が母親を慕い父親に反感をおぼえるとの傾向を分析したフロイトの言葉、エディプス・コンプレックスのほうが有名である。『エディプスの恋人』ではエディプスにあたるのが智広で、智広の恋人は七瀬なのだから一見「七瀬」というタイトルに等しい。ところがパロディである以上、智広は画家である父親に対しいっこうに反感をおぼえていないのが、むしろ面白い。この父親は、女神になってしまった妻のお陰で、文字どおり影のうすい家長なのだ。このあたりにも作者の、最近とみに女性化した社会へのくすぐりがこめられていて、なかなか味のあるタイトルである。

筒井康隆がかつて演劇青年であったことは、超虚構の理念を産みだす原点に関わりがあるようだ。七瀬も必要に迫られてヒステリックな演技をすることもある。思えば七瀬は筒井康隆演出の劇の演技者なのであった。『エディプスの恋人』とはタイトルであると同時に七瀬に課せられた配役なのだといえよう。七瀬は他者の心を知ろうとするとき、多少の努力をともなう精神作業をおこなうが、それを「掛け金をはずす」と名付け、「掛け金をはずし」たからには必ず「掛け金をおろさ」なければならないことを自己にきびしく律していた。私にはこの作業がそのままきびしい演技にみえる。饒舌体《じょうぜつたい》でもって筒井康隆は一気に疾駆するとみえるが、やはり日常の掛け金をはずすことの至難がうかがえる。また掛け金をはずしてしまえば、元のように掛け金をおろすことの至難も辛《つら》さも不安も同様に伝わってくる。

苦しみながらも自在に「掛け金」の操作のできる七瀬は、筒井康隆にとってどんなにか大切な得がたい役者であったことか！　他者の心が読めるということは本来頭が良く、思いやりの深いやさしい人であるはずで、そのうえ、いざとなれば『七瀬ふたたび』でわかるように、まるでジャンヌ・ダルクみたいに健気でもあった。作者としては、ほんとうはやさしい七瀬が自己防禦《ぼうぎょ》のためにどうしようもなく他者を発狂させ、死に追いやるさまをみて苦痛を味わったに違いない。けれども七瀬を再度、虚構を武器として蘇生《そせい》させたとき、超能力者抹殺集団に七瀬を殺させてしまったとき以上に、至福にも似た当惑をおぼえたのではないだろうか。というのも『エディプスの恋人』のエンディングで七瀬自身がはっと気付き、非現実感にひどく苛《さいな》まれつづけることになったからである。彼女をその非存在感から救うためには、女神としての智広の母親が望むままに支配できる舞台の、幕をおろさねばならない。それはとりもなおさず作者の演出家としての夢、七瀬への熱い思い入れをも断ちきることである。つまり女神の意志の代替的存在から七瀬を救うためには、今度こそ七瀬の生身も精神も確実に智広の妻にさせるしかないのだ。筒井康隆は涙をのんで『エディプスの恋人』を終らせた。ファンとしても七瀬のために喜びつつ、涙をのむのはいうまでもない。

（昭和五十六年八月、詩人）

この作品は昭和五十二年十月新潮社より刊行された。

エディプスの恋人《こいびと》

新潮文庫　つ－4－83

昭和五十六年九月二十五日 発行
平成十四年十月五日 四十四刷改版
平成二十三年十二月十五日 五十六刷

著者 筒《つつ》井《い》康《やす》隆《たか》
発行者 佐藤隆信
発行所 株式会社 新潮社

郵便番号 一六二―八七一一
東京都新宿区矢来町七一
電話 編集部(〇三)三二六六―五四四〇
読者係(〇三)三二六六―五一一一
http://www.shinchosha.co.jp

価格はカバーに表示してあります。

乱丁・落丁本は、ご面倒ですが小社読者係宛ご送付ください。送料小社負担にてお取替えいたします。

印刷・大日本印刷株式会社　製本・憲専堂製本株式会社

ISBN978-4-10-117113-5 C0193